KB119937

책을 읽다가 잠이 들면 좋은 일이 일어남

일러두기

- 단행본 및 잡지는 『 』, 문학 작품은 「 」, 영화와 음악 앨범·행사 등은 〈 〉로 표시했다.
- 외래어 표기는 국립국어원 외래어표기법에 따랐으며 관례로 굳어진 경우 일부 예외로 두었다.

책을 읽다가 잠이 들면
좋은 일이 일어남

Roberto Bolaño

高橋源一郎

Richard Brautigan

安部公房

Lucia Berlin   原寮

박솔뫼 에세이

위즈덤하우스

요정들에게

　　다른 사람들은 소설을 쓰기 전에 무얼 하는지 잘
모르겠지만 나는 평소보다 오래 걷고 인터넷 사용 시간을
줄이려 하고 사람을 덜 만나고 그리고 그 순간 필요하다고
생각하는 소설을 반복해서 읽는다. 어떨 때는 여기에 음악을
고르기도 하고 간식을 사두는 일이 추가되기도 한다.
예전에는 옷을 의식적으로 갖춰 입고 써본 적도 있고 그게
나름 적절한 긴장감을 주기도 했지만 요즘은 대체로 잠옷을
입은 채로 쓰는 것 같다. 소설을 쓸 때든 안 쓸 때든 책상에
앉으면 일단 책상에 놓인 몇 개의 오일로 머리나 목을 가볍게
마사지한다. 그리고 커피나 차를 마시기도 하고.
　　왜 소설을 쓰기 전에 의식적으로 어떤 소설들을 찾아

읽는 것일까. 그건 머릿속으로 그리고 있는 소설을 시작할 힘을 얻기 위해서이고 어떤 공간에 들어가 있고 싶기 때문인 것 같다. 그때그때 원하는 지점은 다르고 늘 어떤 소설을 읽어야 하는지 아는 것은 아니라서 도서관을 여러 바퀴 빙빙 돌기도 하고 친구들에게 물어볼 때도 있다. 이미 여러 번 읽어본 소설을 다시 찾아 읽기도 하는데 예를 들면 볼라뇨에게는 이런 박력이 있으니까 그걸 흉내 내야겠다고 생각하며 왜인지 머릿속으로는 가볍게 줄넘기하는 복서를 그리며 나는 힘을 모으고 있다 모으고 있다 이제 가볍게 시작하면 된다 생각한다. 루시아 벌린이 있는 곳은 마른 풀이 되는대로 자란 공원 벤치이고 나는 부서질 것처럼 연약한 얼굴을 하고 있는 사람을 바라보지만 사실 그 사람의 강함을 조금은 느끼고 있다. 조금 황량할지도 모르는 공원 벤치에 나를 놓아둔 채로 어디선가 불어오는 낙엽 냄새가 나는 바람에 익숙해지길 바라면서 거기서 시간을 보낸다. 지금 쓰려는 게 좀 이상한가? 싶을 때는 레이몽 루셀이나 찬쉐, 스즈키 이즈미를 읽으며 세상에 이상한 소설이 얼마나 많은지 걱정도 팔자니 이상함의 기준을 의식적으로 높일 필요가 있음을 스스로에게 가르친다. 그건 다시 읽고 배우지 않으면 금방 잊어버리게 된다.

이 책에 실린 글의 대부분은 의뢰를 받고 쓴 글로,
2015년과 2023년 사이 여러 지면에 발표했다. 동시에 평소
좋아하던 소설이자 소설을 쓰기 위해 반복해서 읽었던
소설들에 관해 쓴 글이기도 하다.

「각자 서 있고, 그러다 만나고 흩어지는」
「먹으면서 말함 입에서 뭔가 튀어나옴」
「지금 보이는 좋은 것들은 거의 대부분 책이 내게 준
것들」
「요정이 그랬음」

위 네 편의 글은 계간『문학동네』2022년 가을호부터
2023년 여름호까지 연재한 글을 다듬은 것이다. 연재를
진행하며 내가 평소에 의식하지 못했던 소설을 읽는 방식이나
습관에 대해 생각해보게 되었던 시간이었다. 한 편의 글에
여러 소설을 다루고 있지만 꼭 해당 소설을 읽지 않더라도
소설을 읽는 일에 대해 여러 방향의 접근이 가능함을 읽는
분들과 나누고 싶다. 물론 읽다 관심이 가는 책은 읽으시면
더 좋을 것이고, 읽고 나서 다시 이 책을 읽으면 나의
이해가 부족하거나 편협했다는 것도 느끼게 될 것이라고도

생각한다. 「뜨거운 카페오레」는 출간 의뢰를 받아서 쓰기
시작한 것이었지만 담당자가 바뀌고 여러 단계를 거쳐 없던
일이 되었던 책의 시작 부분 원고이다. 이 글과 「달려가는
달려나가는」이 2015년에 쓴 글로 가장 오래된 글이고 이 책을
위해 새롭게 쓴 글을 제외하고는 「볼라뇨를 읽다가 잠이 들면
당신에게 좋은 일이 일어남」이 2023년 늦여름에 쓴 것으로
가장 최근에 쓴 글이다. 「쓰고 읽고 말하고 읽고 쓰고」는
작가정신 35주년 기념 에세이집 『소설엔 마진이 얼마나
남을까』(2022)에 수록된 글이고, 「무릎에 놓인 얼굴」은
다자이 오사무의 『인간 실격』(열림원, 2023)에 수록된
'추천의 글'이다. 이 책을 위해 새롭게 쓴 글은 「그러면 어떻게
해야 할까」 「사와자키와 살아가기」 「브라우티건적인 것은」
세 편이고 마지막 글은 2주 전에 썼다. 그 2주 사이 수박을
두 번 사 먹었고 앞으로 어떤 글들을 만나게 될까 그것이 늘
좋고 좋을 것이라고 기대를 하는데 그건 맛있는 수박만큼
좋을 것 같다고도 생각한다. 끝으로 쉽게 찾을 수는 없지만
어느 순간에 나타나는 책요정들에게 감사를 전한다.

모두 건강한 여름 보내시길.

차례

프롤로그

여름

가을

여름

─────────────────────────

　　　─────────────────────────

소설을 읽던 어느 날
이 책의 역자인 박세형 님을 만나 커피를 마셨다.
세형 씨는 조용히 꾸준히 볼라뇨 이야기를 할 수 있다.
한 세 시간쯤은 가볍고 아무렇지 않게 마치 버튼을 누르면
선풍기가 돌아가는 것처럼 차분하게 볼라뇨 이야기가 흐른다.
미풍 세 시간 같은 느낌으로.
그런데 어쩌면 선풍기는 영원히 돌아갈 수도 있다.

　　　─────────────────────────

　　　─────────────────────────

볼라뇨를 읽다가 잠이 들면

———————————

당신에게 좋은 일이 일어남

———————————

볼라뇨를 읽다가 어느샌가 잠이 들었다. 늦여름 오후였고 방에는 작은 선풍기만 돌아가고 있었다. 2023년 여름은 도쿄 서울 속초 광주를 오가며 보냈다. 7월이 시작될 무렵 도쿄에서 오랜만에 『전화』를 펴서 천천히 읽다가 광주에서는 『2666』 1권을 읽다가 여름이 끝나갈 때 읽다 만 『전화』를 다시 폈다. 덥지만 괴로운 정도는 아니었고 뜨거운 커피를 맛있게 마실 수 있을 정도의 날씨였는데 그래도 오후에는 더위 때문인지 왠지 나른해져 책을 읽다 잠이 들었다. 8월 말의 날씨는 여름이 끝나지 않았다고 말하고 있었는데 가끔 공기에서 가을의 힌트가 느껴지기도 했다. (여름이 끝나가는지 어떤지 하는 것을 완전 내 마음대로 생각하는 거 같기도 하다. 정작 여름 자신의 생각은 어떨지 모르겠다.)

　　잠들었을 때 읽던 소설은 『전화』에 실린 단편소설 「클라라」였다. 『전화』에 실린 다른 소설이 그렇듯 「클라라」 역시 단편이 끝나는 방식에 대해 생각하게 하고 예상치 못한 방식으로 끝이 나는데 읽고 나면 가장 좋은 선택이었다는 생각이 든다. 그러다 이게 끝을 내기 위한 방식이 아닌 것 같다는, 끝이 아닌 것 같다는 생각도 하게 된다. 소설의 어느 장면에선가 어느 장소에선가 어떤 지점에선가 다른 이야기와 장면이 살아 있고 생겨나고 있다는 생각을 하게 되고 그런 사실을 볼라뇨는 우리에게 알게 하므로.

　　잠에서 깨 집안일을 하다가 저녁을 먹고 산책 겸 30분쯤 걸어 근처 카페로 가 그다음 단편인 「조안나 실베스트리」를 읽었다. 읽다가 왠지 모를 사랑스러움이 솟구쳤다. 쓸쓸하고 유령 같은 그림자 사이 울고 있는 이의 볼을 꼬집게 되는 순진한 사랑스러움이 소설에 있었다. 볼라뇨 소설 어디에선가 포르노 배우에 대한 이야기가 나왔던 것 같은데 이게 이거였구나 생각하면서 커피를 마시며 소설을 읽었다. 하지만 이게 아닐 수도 있고 다른 소설일지도 몰라…… 하는 생각도 들었는데 볼라뇨의 소설은 묘하게 여러 번 반복해서 읽었어도 매번 새롭고 좋은데 그건 어떤 의미에서는 읽고 나면 내용 자체는 금세 잊게 되는 소설이라는 뜻인 것도 같다. 그래선가 볼라뇨는 펼칠 때마다 마치 처음 읽는 것처럼 흥미로워서 좋지만 한편으로는 맨날 볼라뇨 좋다고 말하고 다니면서 누가 아 나는 거기서 이런 장면이 좋더라 하면 그런…… 장면이 있었어? 하게 되는 것 같다. 좋다고 말하기에는 너무 금방 까먹고 있는 것 아닌가 싶어지는.

　　7월 15일에는 도쿄 세르반테스 인스티튜트에서 진행된 〈로베르토 볼라뇨 트리뷰트 야생의 탐정˚의 궤적〉이라는 볼라뇨 관련 행사를 보러 갔다. 1부에 참석했던 볼라뇨 역자와 볼라뇨를 좋아하는 작가 두 사람은 볼라뇨에 관해 이야기하는 것은 뭔가 어려운데 심지어 볼라뇨를 번역했어도 하고 나면 무슨 내용인지 생각이 잘 안 난다는 이야기를 했다. 행사장에서 그 이야기를 들으며 뭐야 나만 그런 게 아니잖아 하는 생각이 들어 안심이 되어 좋았다. 아무튼 사람들이 볼라뇨 이야기를 하는 것 또 그것을 듣는 것이 좋았는데 예를 들어 『전화』의 첫 단편인 「센시니」의 마지막 장면이 불러오는 여러 생각과 정서들. 그날 행사장에 가는 길에 마침 읽었던 단편이 「센시니」였고 이야기를 들으며 볼라뇨가 보여주는 장면 속 풍경들은 순간적으로 우리가 알고 있는지 몰랐던 여러 감정을 일깨워준다는 생각이 들었다.

행사가 끝날 즈음 감상을 말할 기회가 생겨 무슨 말을 할까 생각하다 "주변 친구들이 왜 그렇게 볼라뇨가 좋냐고 물어보면 하고 싶은 이야기는 많지만 결국 읽어봐 읽으면 알게 되니까, 라는 식으로 말하게 되는 것 같네요. 하지만 정말 그렇죠. 읽으면 알게 되는 종류의 작가인 것 같아요. 그리고 어쨌거나 저와 무척 친한 친구라고도 말하고 싶습니다"라고

- 한국어판 제목은 『야만스러운 탐정들』(우석균 옮김, 열린책들, 2012)이다. 행사의 내용은 웹페이지에서 확인할 수 있다. https://roberto-bolano2023.peatix.com/

말했다. 평소 하던 생각을 말로 내뱉고 나면 이것이
정말이었군 싶어질 때가 있는데 이번이 그랬다. 입 밖에
내뱉고 나자 더욱 강해지는 마음으로 사람들아 왜 볼라뇨를
읽지 않니 볼라뇨를 읽자 이 마음은 정말이야 하고 생각했다.
　「조안나 실베스트리」는 카페에서 커피 한 잔을 마시며
읽었고 마지막 남은 「앤 무어의 삶」은 다음 날 비슷한
시간 여전히 작은 선풍기가 돌아가는 방에서 읽었다. 맞아
토니라는 한국인 남자가 나왔던 것 기억나는데 그 사람은 이런
사람이었구나 마치 처음 읽는 것처럼 새삼스러웠고 볼라뇨가
그리는 여성 인물들이 언제나 내가 그리고 싶은 사람들이었다는
생각을 했다. 조안나와 앤 무어 사이 커피를 마시고 돌아가는
길에는 우연히 친구를 마주쳐 짧게 인사를 하고.

　근데 볼라뇨라는 작가 알아?
　아니, 처음 듣는데. 좋아?
　응. 좋아. 많이 좋아해.
　뭐가 제일 좋은데?
　다 좋은데 『전화』라는 단편집을 처음 읽으면 좋을 것 같아.

　읽어보겠다는 답을 들으며 볼라뇨 역시 좋은데 볼라뇨를

처음 읽는다니 그건 그것대로 부럽군요 생각했다. 왜 갑자기 볼라뇨 이야기를 했지? 가방에는 볼라뇨의 『전화』가 있었고 가방에 볼라뇨의 소설이 있는데 볼라뇨 이야기를 안 하는 게 이상했던 것 같은데. 가방 속 볼라뇨가 나를 툭툭 치고 있는 느낌을 느끼며 볼라뇨 읽어봐, 읽으면 알게 된다니까 생각하다가 뭔가 볼라뇨를 펼치고 싶다는 얼른 허겁지겁 다시 읽고 싶다는 생각에 휩싸이고 볼라뇨를 이야기하면 무엇보다 볼라뇨를 읽고 싶어지는데 배가 고픈 것 같고 왠지 조급해지고……. 집으로 돌아와 친구는 볼라뇨를 어떻게 읽게 될까 궁금해졌고 그렇다면 「센시니」를 다시 읽어야겠다 생각하다 배가 고파져 바나나 두 개를 먹었다.

*

　　이후 이 글에 등장하는 친구가 『전화』를 읽었고 그중 「엔리케 마르틴」이 정말 좋았다는 이야기를 했다. 어떤 묘함이 정말 좋아서 다 읽자마자 처음부터 다시 읽었다고 했다. 나는 『전화』를 다 읽은 지 얼마 되지도 않았는데 「엔리케 마르틴」이 무슨 소설이었는지 바로 떠오르지 않아서 엔리케…… 마르틴……? 그게 뭐였지? 무슨 내용이었더라

하고 물었고 친구는 그 잡지 만드는 이야기 있잖아 하고
설명해주었다. 맞아 그 소설 정말 이상하고 좋지.

　　여름이 지나고 만난 또 다른 친구는 추천해주었던
『전화』를 다 읽고 『2666』도 이어서 읽었다고 했다. 그러고
보니 볼라뇨를 처음 읽는 사람들에게는 보통 『전화』를
추천했던 것 같다. 『전화』가 좋은 것도 있지만 『2666』이
좋다고 『2666』을 추천할 수는 없으니 말이다. 하지만 바로
『2666』을 말해도 누군가에게는 그것이 통할지도 모른다. 그
친구는 방학 내내 아르바이트 하는 곳에 『2666』을 이고 가서
읽었다고 했다. 『2666』이라는 책의 무게와 내용의 무게와
강도를 생각했다. 그것을 이고 가서 틈틈이 읽고 가방에
넣어 짊어지고 돌아오는 길을 생각했고 그러다 보니 나도
그런 읽기를 하고 싶어졌다. 이 친구와는 나중에 볼라뇨
독서 모임을 열기로 했다. 그러려면 볼라뇨를 다시 읽어야
하고 모임이 언제가 되든 지금이 바로 볼라뇨를 읽어야 할
시간이다.

함께 읽은 책

로베르토 볼라뇨, 『전화』, 박세형 옮김, 열린책들, 2010.
　　―, 『2666』, 송병선 옮김, 열린책들, 2013.

뜨거운

카페오레

다카하시 겐이치로에 대해 긴 분량으로 글을 쓰게 될 줄은 몰랐다. 다카하시 겐이치로에 관해서는 기회가 될 때마다 이야기했었고 짧은 에세이로도 몇 번 쓴 적은 있지만 이렇게 긴 글을 쓰게 될 기회를 가지게 될 것이라고는 생각도 못 했다 전혀. 마음만 먹자면 그에 관해 늘 쓸 수 있다고 생각했지만 그런 마음은 어지간해서는 잘 먹어지지 않았고 그렇다고 그에 관해 쓰게 될 기회가 생길 거라고도 생각하지 못했던 것이다.

기회가 왔다고 모든 것이 해결되고 그저 쉽게 시작할 수 있는 것도 아니었다. 막상 그렇게 좋아하고 영향을 받은 작가에 대해 이야기할 기회가 오자 어떻게 하는 것이 좋을지 그냥 나의 마음 그대로 쓰자니 그것은 좋아요! 너무 좋은데요! 그러니까 제가 이걸 거의 외우다시피 읽었는데요 라는 식의 단순하고 강한 애정 같은 것이었고 그런 것을 길게 쓰자면 쓸 수 있지만 뭔가 아닌 거 같아 이런 것은 책으로 만들 만한 것은 아니라고 생각했다. 무작정 애정을 고백하는 것은 좋지만 좀 더 방법을 조금씩 바꿔가며 해봐야겠지 이런 식으로 저런 식으로 말이다. 홀로 좁은 길을 걷듯이 걸어나가며 애정의 이유나 방향 같은 것을 쓰게 되면 좋겠다고 생각했다. 그렇게 마음을 먹었지만 시작하기는 쉽지 않았는데 그것은 그저 좋아하는 것을 쓸 기회가 오면 다들 그렇지 않을까 싶은데 좋아하고 의미가 있고 나름대로 잘 아는 것 같은데 그걸 마음속에 품고만 있는 것이 아닌 글로 쓴다고 생각하니 무언가 나의 애정과 마음이 어떤 식으로든 분명하게 정의되어버리는 것 같았기 때문이고 사실 글을 쓰려면 어떤 식으로든 스스로가 정리를 하고 시작해야 할 텐데 아직 그럴 준비가 되었는지 확신할 수가 없었다. 그런 생각 때문에 글의 시작을 몇 개월쯤 피하고 있었다. 그것은 조금 드문 일로 보통 나는 원고는 되도록 약속한 날에 맞추어 진행해왔다. 그래서 책을 준비하며 출판사 관계자를 처음 만났을 때에도 "저는 보통은 마감 잘 지키거든요. 원고 제때 드릴 수 있어요"라며 잘난 척할 수 있었던 것이다. 그때까지만 해도 나는 언제라도 겐이치로에 대해 마음만 먹으면 써 내려갈 수 있다고 착각하고 있었던 것이다.

　어려움은 그뿐이 아니었는데 그다음으로 내가 깨달았던 것은 다카하시 겐이치로가 현재 일본에서 소설은 물론, 에세이, 방송, 각종 칼럼 등에서 아주 활발히 활동하는 사람이었고 그에 반해 한국에 번역된 책은 몇 권뿐이고 내가 그것을 일본어로 다 찾아 읽을 만큼 일본어를 잘하지 못한다는 것이었다. 내가 무언가 완전히 착각하고 있으면 어떡하지, 그것은 그것대로 나의 착각이 어디서 기인했는지 생각해본다면 재미있는 문제가 되겠지만, 혹은 착각에도 불구하고 여전히 지지할 수밖에 없는 그의 소설에 대해 이야기해보는 것도 좋았을 것이다. 그렇게 정리한다고 마음이 개운해지는 것은 당연히 아니었다. 그에 관한 자료는 엄청나게 많은데 내가 주어진 시간 안에 읽고 소화할 수 있는 양은 지극히 한정적이라는 것 그것이 내내 마음의 부담이 되어 무엇이든 시작하기 어려웠다. 이 문제는 다시 첫 번째 문제로 돌아가, 그렇다면 내가 가지고 있는 다카하시 겐이치로의 매력과 그의 소설에 갖는 애정을 어떤 성격으로 다룰 것인가. 만약 그에 관해 가능한 많은 자료를 읽고 시작한다면 나는 조금 안심할 수 있을 것이고 안심한 채로 좀 더 분명하게 그 성격을 가질 수도 있을 것이다.

그런데 그렇지 못했다면 어떻게 하는 것이 좋을까. 고민을 반복했지만 역시 할 수 있는 것을 스스로 잘할 수 있는 방식으로 할 수밖에 없다. 내가 하려는 방식은 다카하시 겐이치로에 대한 나의 애정과 그의 소설을 읽고 내가 받았던 영향과 도움을 중심에 두고 아직 번역되지 않은 그의 장편소설인 『「악」과 싸우다』를 독해해나가며 느끼는 점을 함께 쓸 예정이다. 그러는 사이 경마장에 가서 경마를 보고 돈을 잃고 따고 야구장에도 가고 도시 한복판에서 겐이치로적 장소는 이곳이라 말할 수 없지만 말할 수 없는 것은 아니고…… 라고 생각하며 그것에 관해 쓸 예정이다. 여전히 불안함이 가득하지만 다카하시 겐이치로의 소설을 처음 읽었을 때를 떠올리며 용기를 낼 것이다. 헤매다 보면 헤매고 헤매다 보면 몸에 힘을 빼고 모르는 길을 걷고 또 걷다 보면 알 수 없지만 왠지 정다운 느낌의 골목이 나오고 천천히 내가 왔던 길과 다음 골목을 생각해가다 보면 나는 그곳이 어디인지 어떤 길로 이어져 있는지 틀리더라도 말할 수 있을 것이다.

그 길이 즐겁고 이상하고 흥미로웠으면 조금 슬퍼도 좋습니다 계속할 수 있다, 계속해나갈 것이다 라고 생각하며 다카하시 겐이치로에 대해 쓰기 시작했다.

1

이 글을 처음 쓰기 시작했을 때는 2015년으로 나는 두 번째 단편집 원고를 정리하고 있었다. 이미 발표하였지만 첫 번째 단편집에 싣지 않았던 단편들과 첫 번째 단편집 이후에 발표한 단편들을 다시 읽어보며 두 번째 단편집에

어떤 원고를 실을지 고르고, 고른 원고들을 어떤 순서로
배치하면 좋을지 여러 번 순서를 바꿔보며 정리했다. 그중
가장 발표 시기가 빠른 원고는 2012년 발표한「부산에 가면
만나게 될 거야」라는 소설이었다. 그 소설은 함께 작업하던
출판사로부터 계약과 관련된 내용증명을 받은 소설가가
내용증명 속 말을 던지고 버리기 위해 부산으로 가 부산의
거리를 걷는 내용이다. 소설가가 내용증명 속 말을 버리려고
하는 이유는 그 말이 우물쭈물하고 있고 우유부단하고
이도 저도 아닌 말인 데다 자신에게 협박을 일삼는 비겁한
말이었기 때문이다, 그 소설은 이렇게 시작한다.

그렇다면 가장 중요한 것은 무엇입니까? 라는 질문에
그것은 말입니다 라고 대답한 사람을 알고 있다.
연극연출가 A이다. A에게서 직접 그 대답을 들은 것은
아니고 A가 참여한 대담집에서 우연히 읽은 것이다. A가
어떻게 그 대답을 했을지는 알 수 없지만 그 질문에는
나라도 침을 한 번 삼키고 같은 대답을 했을 것이다. 간신히
힘을 짜내서 말입니다 하고.
─『겨울의 눈빛』, 113쪽.

이 소설에 등장하는 A라는 연극연출가를 머릿속에서 떠올렸을 때 생각한 인물은 다른 사람이었지만 "가장 중요한 것은 무엇입니까? 라는 질문에 그것은 말입니다"라고 대답한 사람의 경우 처음부터 떠올린 사람이 있었다. 그 사람을 떠올리며 소설을 시작하고 끝을 냈다.

아쿠타 마사히코의 얼굴을 그다음에 본 것은 아마 1996년 11월이었을 것이다. TBS 계열의 보도 프로그램 코너에서 지난번과 마찬가지의 특집이 짜여진 것이었다. 그때 아쿠타의 얼굴은 조명의 영향도 있었지만, 말하자면 귀신 같은 용모로 변해 있었다. 그리고 인터뷰어의 질문, "최종적으로 가장 중요한 것은 무엇입니까" 이런 유의 질문에 대해 아쿠타는 잠시 침묵한 후 "말입니다"라고 언명하고 가슴속의 무엇인가를 노려보았다. 내가 '아쿠타의 얼굴'이라고 말해온 것은 이 잠깐 동안의 얼굴을 말한다. 프로야구의 명선수 등이 스탠드에서 은퇴 인사를 마치자마자 극한적인 긴장이 얼굴로부터 사라지는데, 이 사라짐을 '남자의 매력'이라고 평가한 사람도 있지만, 아쿠타의 '굉장함'은 마지막까지 해제되지 않았다. 나는 진짜 얼굴이라고 생각했다.

　　—미시마 유키오 외, 『미시마 유키오 대 동경대 전공투 1969~2000』, 529쪽.

　　인용한 글에 등장하는 아쿠타 마사히코는 1969년 미시마 유키오와 동경대 전공투가 전공투 투쟁 중에 전개한 토론장에서 가장 눈에 띄는 사람이었다. 당시 그가 어떤 얼굴과 차림을 하고 미시마 유키오를 향해 이야기를 하는지는 영상으로 남아 있기 때문에 확인이 가능한데 그때의 얼굴과 (글을 쓴 사람이 기준으로 삼는 얼굴은 1969년은 아니지만) 이후 책에 실린 1999년의 얼굴은 완전히 다른 사람의 얼굴이었다. 물론 30년의 시간이 지났기 때문에 당연한 것 아닌가 라고 생각할 수 있겠지만 그것과는 달랐다. 완전히 사람이 달라져버린 듯했던 것이다. 1999년 아쿠타 마사히코의 얼굴은 확실히 무언가를 겪은 사람의 얼굴이었고 그렇게 변한 얼굴로 "최종적으로 가장 중요한 것은 무엇입니까"라는 질문에 "말입니다"라고 말하는 모습을 떠올리면 '말입니다'라고 내뱉어진 순간 말이라는 것이 듣는 이의 몸을 가르고 흔들고 부술 만큼 굉장한 무게를 지닌 것임이 느껴졌다. 그것은 어떤 형체와 색을 띤 물체로 책상 위에 마이크 옆에 놓여 있는 듯하다. 그저 말이라고 하지 않는, 말이라고 대답하는 그 힘과 무게를 느낄 수밖에 없는 그런 한마디였다. 나는 그런 식으로 '말'이라는 것을 단지 말이 어떤 힘을 가졌는가 말이 얼마나 중요한가 라기보다 그것이 어떤 형태와 색을 띤 채 빠른 속도로 움직이고 어떨 때는 전혀 움직이지 않고 누워 있고 그런 식의 어떤 것으로 대하고 싶었다. 책에서 읽게 된 아쿠타 마사히코의 말이나 다른 사람이 묘사한 아쿠타 마사히코에 대해 꼭 그렇게 생각해서 그런 마음을 갖게 된 것은 아니다. 단지 "최종적으로 가장 중요한 것은 무엇입니까"라는 질문에 "말입니다"라는 답에, 나 역시 속으로 '말입니다'라고 대답하고 있었고 그것으로 소설을 시작하고 싶었으며 당시 내가 강하게 애정을 느끼고 있던 상대도 말이었으므로 말을 다른 방식으로 대해보고 싶었던 것이다. 어떤 물건 어떤 생명 같은 것으로 말이다. 그럼에도 그 책에 실린 그에 대해 느꼈던 점들을 제대로 옮기지는 못해 아쉬움이 남지만 아무튼 그 소설을 쓰는 데 중요하게 작용하고 끝까지 끌고 갈 수 있었던 것은 "최종적으로 가장 중요한 것은 무엇입니까"라는 질문과 "말입니다"라는 답이었다.

직장. 얼마나 멋들어진 여운을 가진 말인지요. 어제까지 그것은 단순한 하나의 단어에 지나지 않았습니다. 나 또한 세상 사람들과 마찬가지로 몇천 번 몇만 번 그 말을 입에 올려왔습니다. 하지만 현실에 뿌리를 내리지 않은 말은 어느샌가 부패해버립니다. 그냥 말로만은 안 된다. 나는 그렇게 생각합니다.
—다카하시 겐이치로, 「고양이 사무소」, 『겐지와 겐이치로 A』, 58쪽.

아쿠타 마사히코의 대답을 생각할 때 함께 떠오르는 것은 다카하시 겐이치로의 소설 속 "현실에 뿌리를 내리지 않은 말은 어느샌가 부패해버립니다"라는 말이다. 인용된 부분이 아니더라도 다카하시 겐이치로의 소설은 어느 부분을 펴서 읽더라도 숨길 수 없고 참을 수 없이 말에 대한 애정이 흘러넘친다. 그러나 그것은 이러이러한 말이 좋다, 말을 이렇게 저렇게 꾸며보는 것이 좋다 같은 것이 아니라 자신의 몸 안에 말을 껴안고 온몸으로 부딪치며 나뒹구는 발길질당하며 주먹질하는 그런 모습인 것이다. 부패해버리지 않도록 생생한 말을 들고 안고 뛰어드는 모습, 내가 겐이치로를 떠올릴 때 자연스럽게 그려지는 모습은 그런 것이다.

『사요나라, 갱들이여』의 해설에도 나와 있는 이야기로, 흔히 다카하시 겐이치로를 이야기할 때 자주 언급되는 것이 그의 실어의 기간과 말을 찾기 위해 실시했던 재활이다. 실어는 학생운동으로 체포되어 복역하면서 생긴 것이다. 이런 식으로 연관 짓는 것은 조금 무리라는 생각도 들지만 사상과 철학으로 투쟁을 하던 장소는 어느 곳보다 말이 넘치던 곳이었을 것이리라 생각한다. 다카하시 겐이치로도 아쿠타 마사히코도 부패한 말을 부패한 말이라고 입을 떼기 싫을 정도로 많이 보았을 것이다. 앞서 언급한 『미시마 유키오 대 동경대 전공투 1969~2000』에서 어떤 참여자는 아쿠타 마사히코를 일컬어 그와 대화를 하면 말 그대로 눈앞에서 사상이 전개되는 듯하다는 이야기를 하였다. 토론 내용을 읽다 보면 나 역시 그 말에 수긍하지 않을 수가 없었다. 그는 눈앞에서 자신의 말로 생각지도 못했던 새로운 장소를 향해 좀 더 멀리 갈 수 있는 여지를 보여주었을 것이다. 그 말은 생생하고 듣는 이를 흔들어 깨우는 것이었음이 분명하다. 그런 말도 있을 것이다. 부패한 말 그저 하는 말의 벌판에서 누군가는 온 힘으로 온몸으로 생생한 말을 던지며 조금씩 앞으로 밀고 나가고 있다. 나는 그런 것들을 오래오래 생각할 것이다.

앞서 말한 「부산에 가면 만나게 될 거야」에도 그런 생각으로 쓴 부분이 여러 번 나오는데 그저 하는 말에서 말 그 자체를 지키기 위해 그러한 말과 싸우기 위해 애쓰는 모습은 사실 이 소설뿐만이 아니라 다른 소설에서도 여러 번 반복되는 장면이다. 나는 쓸 때마다 그러한 생각이 나를 움직인다고 생각한다, 그런 생각으로 있다 보면 정말로 앞서 말한 것처럼 말이라는 것이 어떤 식의 형태로, 주고받아 이어진 말들이 어떤 벌판으로 느껴지는데 사실 어떤 면에서는 소설을 쓰는 것이 그것과 깊은 관련이 있지만 소설을 떼어놓고서도 나 자신이 말이라는 것에 대해 많이 기대고 있다고 생각한다. 기대고 있다고 해야 할지 생각한다고 해야 할지 손에 쥐고 있다고 해야 할지. 아무튼 그렇다. 자주 생각하는 것은 오래오래 생각할 것은 손으로 만지고 맞부딪칠 것은 말에 대한 긴장감이다. "최종적으로 가장 중요한 것은 무엇입니까"라는 질문에 나로서도 "말입니다"라고 답하는 것이다.

2

처음 읽은 다카하시 겐이치로의 소설은 『사요나라,

갱들이여』였다. 대학교 3학년 때였는데 당시 내가 다니던 대학과 교류 관계에 있던 고려대학교 도서관에서 책을 빌렸다. 그때 나는 고려대학교 도서관에 자주 드나들었는데 우선 책을 신청하면 외국 책이든 비싼 책이든 바로 구비해주었고 버스나 지하철 두세 정거장 거리로 한가할 때는 걸어갈 만한 거리여서 산책하듯 갔었다. 다니던 학교와 비교하면 카페나 식당이 많아서 좋기도 했는데 고려대 근처에는 '보헤미안'이라는 카페가 있다. 드립 커피를 파는 유명한 곳이었다. 도서관을 가는 길에 거기서 커피를 마시거나 원두를 사기도 했다.

다카하시 겐이치로 소설을 골랐던 이유는 왠지 일본 소설이 읽고 싶었는데 일본 소설 코너에서 어슬렁거리다 보니 눈에 띄었고 휘리릭 넘겨보니 갑자기 글자 모양과 크기를 바꿔가며 연출된 듯 쓰여 있는 것이 웃기다고 생각했다. 중간에 만화가 삽입된 것도 신기했다. 그때 감상은 새롭고 재미있다였다. 하지만 왠지 소설의 전체가 파악이 되지 않는 듯해 한 번 더 읽고 싶어졌고 두 번째 읽었을 때는 아 이거 굉장히 슬픈 이야기구나 했다. 이후 『우아하고 감상적인 일본 야구』 『존 레논 대 화성인』을 이어서 읽었고 『연필로 고래잡는 글쓰기』와 『겐지와 겐이치로 A』도 국내에 번역되어 읽었다. 매해 『사요나라, 갱들이여』와 『우아하고 감상적인 일본 야구』『존 레논 대 화성인』은 의식처럼 반복해서 읽게 되었다. 자주 읽은 해에는 두세 번씩 반복했다. 세 편 모두 처음 읽었을 때는 소설이 어떤 식으로 구성되어 있는지 알 수가 없어 여러 번 읽으면서 전체를 더듬어가며 파악했다.

포트 속에는 〈S.B. 블렌드〉가 들어 있다.
〈S.B. 블렌드〉를 만드는 방법은 모카와 만델링을 반반씩, 코스타리카를 아주 조금. 그 방법도 S.B가 만들었다.
나는 커피를 마시며 학생들이 오기를 기다린다.
─『사요나라, 갱들이여』, 140쪽.

겐이치로의 소설 중 가장 많이 읽은 것은 글쎄 큰 차이는 없겠지만 『사요나라, 갱들이여』일 것이다. 『사요나라, 갱들이여』를 읽다 생각날 때마다 해보는 것이 'S.B. 블렌드'로 커피를 내려 마시는 것이다. 보헤미안에서 원두를 주문해 책에 나오는 대로 섞어 갈아서 내려 마신다. 처음 원두를 살 때 어려웠던 것은 만델링도 코스타리카도 보통 한 종류만 파는데 모카는 종류가 많다는 것이었다. S.B. 블렌드에 들어가는 모카는 어떤 모카일까 이 모카여도 될까 잠깐 고민하다 원두를 섞었다. 코스타리카가 늘 많이 남아서 나중에는 코스타리카만 내려서 마셔야 했다. 한참 S.B. 블렌드를 마실 때는 S.B. 블렌드가 하우스블렌드로 나오는 커피집을 자주 생각했다. 가운데에 난로가 있고 『사요나라, 갱들이여』의 시의 학교처럼 칠판이 있고 칠판에는 'S.B. 블렌드'라고 쓰여 있는. 이상하지만 그것을 마실 때는 내가 본 적도 없는 겐이치로의 젊은 때의 얼굴이 젊은 시절의 겐이치로가 머릿속에 그려졌다. 아 물론 나이 든 겐이치로도 실제로 본 적 없기는 하다. 요즘은 원두를 사서 내려 마시지는 않고 근처 카페로 바로 가거나 인스턴트를 마신다. 다시 원두를 사서 섞고 섞은 원두를 새 봉투에 옮겨 담고 갈아서 내려 마시는 시간이 오면 좋겠다. 지금이라도 하면 되지만 글쎄 요즘은 별로 그런 기분이 되지는 않는다.

내 바로 앞에 있는 모토마치 〈르느와르〉의 자동문이 열리더니, 한쪽 다리의 운동기능이 손상된 사람이 들어오는 것이 보였다.

(…)

33

〈헤겔의 대논리학〉은 내 맞은편에 앉더니 여종업원을
불렀다.

"아가씨, 여기 코코아! 코코아 한 잔! 설탕을 듬뿍 넣어서
말이야!!"

〈헤겔의 대논리학〉은 여종업원이 초원 위에서 전라의
몸으로 피크닉을 하고 있는 르느와르의 그림이 새겨진 컵에
담긴 코코아를 가져오자, 한 모금 마시더니 **"안 달잖아"**
하고 말한 다음 다시 "전혀"라고 덧붙였다. 그런 다음
공포에 떨며 우리 테이블을 피해서 걷고 있는 엉덩이가
평퍼짐한 여종업원의 귀에 들릴 정도로 큰 소리로 **"설탕을
아끼려 하다니"** 하고 덧붙였다.
"조사해봤나?" 하고 나는 말했다.
"아아……" 설탕 통에서 스푼으로 설탕을 퍼서 코코아 속에
넣으며 〈대논리학〉은 대답했다.
"다니까 코코아인 거야. 코코아란 달아야 하는 거지. 내
생각이 틀렸나?"
"아니."

(…)

초콜릿 에클레르 세 개를 먹어치우고, 코코아를 두 잔
마시고 나서야 〈헤겔의 대논리학〉은 입을 열었다.
—『존 레논 대 화성인』, 64~70쪽.

'르느와르'는 오래된 카페 체인이라고 하는데
요코하마에도 분점이 있다고 한다. 『존 레논 대 화성인』에
등장하는 르느와르는 요코하마 모토마치점이라고 한다.
곧이라고 해도 언제가 될지 모르겠지만 그곳에 가서 잠시지만
음 겐이치로는 이런 풍경이 머릿속에 바로 떠오르는
사람이었군 하고 생각해보려 한다. 문득 그런 생각이
들었는데 이런 체험이 나름의 의미는 가지겠지만 역시나
겐이치로에 이르러서는 음 글쎄…… 싶은 기분이 되는데
그것은 겐이치로의 소설 속에 구체적인 지명이 잘 드러나지
않아서이기도 하고 그보다 중요한 이유는 겐이치로의 소설
속 장소들이 드러내는 것은 어떤 특정한 장소가 가지는
정서적 교감이 아니라 그 장소를 중심으로 현대 일본이라는
사회를 바로 연결 짓고 있기 때문이다. 그것은 단지 장소에
한하는 것이 아니라 겐이치로 소설 자체가 현대 일본을 어떤

35

식으로 재구성할 것인가 하는 문제를 다루고 있는 것이라고 생각한다. 그렇지만 르느와르는 갈 것인데 우선 르느와르의 코코아를 마셔보고 싶고 초콜릿 에클레어도 먹어보고 싶고 무엇보다 실제로 르느와르를 검색해보니 내가 상상했던 모습과 많이 달랐기 때문에 무엇이든 실제로 해보면 달라 하는 생각이 들었기 때문에.

겐이치로 소설 속 음료라면 사실 S.B. 블렌드만큼이나 카페오레가 좋다. 카페오레를 처음 마셨던 것은 이전에 오키나와에 여행 갔을 때 국제거리의 복잡한 도로를 지나 옆으로 난 작은 골목으로 가면 있는 카페에서였다. 카페 테이블 위에는 만화 관련 책이 있었다. 일본어를 잘 못해서 잘 읽지는 못했지만 중간중간 나오는 만화를 보며 좋은 그림이 나오면 만화가 이름을 기억하려 애썼다. 나중에 찾아보니 그 책은 확실하지는 않지만 이시가와 준의 『만화의 시간』이었던 것 같다. 아니라면 그 비슷한 성격의. 아무튼 뜨거운 오키나와의 거리를 걷다 들어간 카페에서 마시는 뜨거운 카페오레는 선명한 맛으로 기억에 남는다. 더울 때 따뜻한 음료를 마시는 것 정말 좋지 커피든 차든 역시 따뜻한 것이 맛이 있어 그런 생각을 가지게 된 것이 이 카페오레였다.

오후 일곱 시. 나는 지금, '리치의 가게'에 있다.

일이 끝나면, 야구에 관한 문장을 옮겨 적은 공책을 들고 리치의 가게에 가 뜨거운 카페오레를 마신다. 여름에도 겨울에도 이것이 내 습관이다.

—『우아하고 감상적인 일본 야구』, 18쪽.

*

2장까지의 글은 2015년에 쓴 것이다. 한 출판사에서 답사비 지원과 함께 해외 작가에 대해 쓰는 것을 제안받고 쓴 것이다. 나중에 그 제안은 여러 단계를 거쳐 없던 것으로 되었다. 역시 10년 가까이 시간이 지나니 스스로 변했다고 느낀 것들이 많고 지금 나는 이 글에 이어서 무언가를 쓸 수는 없다는 생각이 든다. 하지만 더운 날 뜨거운 음료를 마시는 것만은 여전히 좋아하기에 잠깐 앉아서 뭔가를 마시는 공간으로 이 글을 남겨둔다.

함께 읽은 책

다카하시 겐이치로, 『존 레논 대 화성인』, 김옥희 옮김, 북스토리, 2007.
─, 『겐지와 겐이치로 A』, 양윤옥 옮김, 웅진지식하우스, 2007.
─, 『연필로 고래잡는 글쓰기』, 양윤옥 옮김, 웅진지식하우스, 2008.
─, 『사요나라, 갱들이여』, 이상준 옮김, 향연, 2011.
─, 『「악」과 싸우다「悪」と戦う』, 河出書房新社, 2013.
─, 『우아하고 감상적인 일본 야구』, 박혜성 옮김, 웅진지식하우스, 2017.
미시마 유키오 외, 『미시마 유키오 대對 동경대 전공투 1969~2000』, 김항 옮김, 새물결,
2006.
박솔뫼, 『겨울의 눈빛』, 문학과지성사, 2017.
이시가와 준, 『만화의 시간』, 서현아 옮김, 글논그림밭, 1997.

각자 서 있고,

———————————

                                    그러다 만나고 흩어지는

———————————

1

하라 료, 『내가 죽인 소녀』

(권일영 옮김, 비채, 2022)

아 정말 너무 좋다. 너무 좋았다. 하라 료의『내가 죽인
소녀』의 마지막 장 즈음에 혼자서 계속 아 정말 좋다 너무
좋은데 하고 생각했다. 그런 생각을 너무 많이 한 것인지
다 읽은 날 밤에는 소설과 연관된 내가 굉장히 좋아하는
스타일의 꿈도 꾸었다. 도시의 거리거리를 헤매고 제각기
다른 성격과 매력을 가진 가게들을 들르고 가게 주인들과
인사하고 그런데 그 거리를 헤매는 사람이 내가 아닌 탐정인
그런 꿈이었다. 다음 날 일어나서도 하라 료의 소설을
떠올리면서 어젯밤에는 이런 꿈을 꾸었어 내가 탐정이 된
것은 아니지만 탐정과 걷는 꿈이었는데 생각했다.『내가 죽인
소녀』는 2009년 출간된 소설의 개정판으로 나는 구판으로
이미 이 소설을 여러 번 읽었는데도 개정판을 펼쳐 읽으며
새삼스럽게 정말 좋다고 여러 번 생각했다. 개정판에는
한국에 처음 소개된 단편이 수록되었고 그 외에는 표지
말고는 뭐가 바뀌었는지는 잘 모르겠지만 새로운 마음으로
펼쳐서인지 (뭔가 바뀌었을 거야) 이전과 다른 매력들을

느끼며 읽었다. 이전부터 하라 료를 좋아했고 그 좋아함은 가끔 언덕에라도 올라가서 소리치고 싶은 마음이 되고 『지금부터의 내일』이 나왔을 때는 누가 시키지도 않았는데 혼자서 리뷰를 쓰고 투고하기도 하였다. ("사와자키와 살기"라는 제목으로 이 책에 수록되어 있다. 이 리뷰는 처음에는 크게 흥미를 가지지 않았던 작가에게 어떻게 매력을 느끼게 되는지와 탐정소설에서 탐정이 누구를 구하는가 혹은 누구를 구하는가는 중요한 문제인가, 거기에 하라 료의 변화와 어른으로서의 작가라는 주제에 대해 쓴 글이다. 좋아! 라고 언덕에 올라 눈앞의 집과 길과 사람들과 저 멀리 구름을 바라보며 외친 글인데 그러고 보면 지금 쓰는 글이라고 다른지? 이 글 역시 언덕에 올라 소리치기 같은 것은 아닐까. 그래도 지금 보이는 풍경은 좋은 것 같다.)

그럼에도 다른 장편에 비해 『내가 죽인 소녀』를 조금 덜 좋아했다고 해야 할지 어쨌든 좋아하는 하라 료 소설은?이라는 질문에 바로 떠오르는 책은 아니었다. 그런데 이번에 읽으면서 이 소설의 여러 단면이 더 잘 보였고 이 소설이 가진 매력을 더욱 잘 이해하게 되었다. 주변 평을 보아도 그렇고 나오키상을 받기도 해서인지 『내가 죽인 소녀』는 하라 료의 대표작이라 여겨지는 작품인데 지금까지는 왠지 이 소설에 약간의 거리감을 가지고 있었다. 아마 사건 진행에 중요한 요소인 돈가방 운반 장면 때문일 텐데 나는 추리소설에서 추격 신이나 짧은 시간 안에 장소를 바삐 바꿔가며 움직이는 장면들이 나오면 읽기 전부터 긴장하게 되고 왠지 피곤해져서 몰입이 잘되지 않는다. 아마 길치라서 그런 것 같은데 예를 들어 이런 장면에서 혼자 머릿속으로 약도를 그려보며 나는 탐정은 안 될 것 같다 하는 생각에 약간 주눅이 든다.

   "와세다 길에 있는 오타키바시 네거리에서 우회전해서
   오치아이 중앙공원 쪽으로 가는 길은 알겠지?"
   "오치아이 처리장 버스 정류장이 있는 길 말인가?"
   "아니, 그 바로 전이지. 쭉 가다가 오른쪽으로 꺾어져서
   간다 강과 만나는 도로 말이야." (115쪽)

   아 나는 과연 오타키바시 네거리에서 우회전해서
오치아이 중앙공원 쪽으로 가는 길을 아무렇지 않게 손쉽고
가뿐하게 찾아낼 수 있을지. 그리고 그리고 또⋯⋯. 왠지
아주 가까운 곳인데 못 찾고 같은 길을 계속 왔다 갔다 할
것 같다. 탐정도 아니고 탐정이 될 것도 아닌데 (아직 모를

일이지만) 길을 찾는 장면에서만 갑자기 탐정에 이입하여
길을 못 찾아서 탐정이 못 될 것처럼 풀이 죽는다. 어떨
때는 그런 장면만 복습하듯 반복해서 보며 구글 맵을 따라
가상의 장소를 찾아가보기도 한다. 이런 식이다 보니 급박한
상황에서 계속 장소가 바뀌는 장면이 핵심적인 요소로
구동하는 이 소설을 이전까지는 편하게 즐기지 못했던 것
같다. 그런데 이번에는 왠지 괜찮았다. 아무렇지 않았는데 왜
그랬을까. 아마 이미 여러 번 읽어 마음의 준비를 하고 있어서
그런 것도 같고 소설을 읽는 마음 자체가 왠지 개정판이고 새
책이고 새 마음으로 새롭게 받아들이자! 같은 마음으로 열린
자세로 읽어서 그런 것 같기도 하다. 그래서인지 내 기억보다
돈가방 전달 장면은 부드럽게 지나갔고 생각보다 짧다는
느낌마저 들었다. 어쩌면 이전에 비해 마음을 가라앉히고
조금 차분하게 읽었는지도 모르겠다.

　　이번에 읽으며 새롭게 매력을 느끼게 된 것은
가무라 지아키가 등장하는 부분이었다. 지아키는 소설의
후반부를 지탱하는 인물이지만 이전까지는 이 사람의
조금 어리광을 부리는 듯한 꼿꼿함에 큰 매력을 못 느꼈고
오히려 부자연스러운 방식으로 무언가를 무릅쓰고자 하는
사람이라고 생각했다. 분명 그런 사람이 맞을 테고 그런 면이

두드러지는 사람이겠지만 이번에 읽었을 때는 지아키가 충실하게 하루하루를 살아가고 있고 나름의 행복을 느끼는 사람이라는 것을 이해했다. 그러니까 이 사람이 일상에서 느끼는 구체적인 즐거움을 알 것 같았다. 한편으로는 이 소설이 그것을 보게 했다기보다 내가 변한 것일 수도 있겠다는 생각도 든다. 이전보다 멋있고 긍정적인 캐릭터와 왠지 김빠지는 선택을 하는 캐릭터 사이의 구별을 짓지 않게 되었다. 그럴 수 있고 그럴 수 있다. 그럴 수 없는 것도 많지만 그럴 수도 있다. 좀 더 그런 생각에 가까운 태도가 된 것 같다.

이번에 소설을 읽으면서 좀 더 생각하게 된 것은 사와자키라는 인물의 설정인데 가장 최근작인 『지금부터의 내일』까지도 사와자키라는 성만 등장하지 그의 이름이 무엇인지 나오지 않는다. 스치듯 지나가는 개인사 외에 알려진 그의 개인사는 없고 그 스치듯 내뱉는 정보도 상황상 진실인지 알 수 없다. 정확하게 드러난 그의 과거는 와타나베라는 탐정과 있었던 일들뿐이고 가족 친구 연인 등 개인사라고 할 만한 것이 아예 등장하지 않는다. 탐정 일을 하며 생긴 개인사 외에는 없는데 탐정 일을 하며 생긴 일을 개인사라고 할 수 있다면 말이다. 이건 분명히 하라 료가 쌓아 올린 설정으로 가끔 사와자키에 대해 뭔가를 슬쩍 내뱉어버리고 싶을 텐데도 그렇게 하지 않는다. 더 말하지 않기, 내가 쓴다고 가정하면 확실히 지키기 어려운 룰이다. 그러나 이를 한정적이라거나 부족하다고 말할 수는 없다. 독자들은 사와자키를 이해하고 마음속으로 그를 구체화하여 그려낼 수 있다. 어떨 때는 맛없는 커피와 독한 담배 같은 것을 앞에 두고 그의 대사를 자연스럽게 내뱉을 수도 있다. 대화를 나눌 수 있는 상대로 그를 그릴 수 있는 것이다. 보여주지 않으면서 인물을 구체화할 수 있게 하라 료는 그려낸다. 어떻게? 아마 하라 료만 연주할 수 있는 플레이 같은 거겠지? 나도 열심히 연습해서 따라 하고 싶다. 완전히 딴 이야기이기는 한데 '보여주지 않기'라는 설정은 간단해 보이지만 의외의 양상을 낳는 것 같다. 심심할 때 펼쳐보는 만화 중 하나인 『하나씨의 간단요리』는 단신부임을 하고 있는 남편을 둔 하나라는 주부가 간단히 만들어 먹는 요리를 에피소드별로 묶은 만화인데 이 만화에는 남편과 통화를 하거나 남편을 만나기 전/후의 모습만 나오고 완결까지 남편이 나오지 않는다. 원작자의 의도는 어땠을지 모르겠고 만화가 3권으로 길지 않기 때문에 1권의 분위기가 끝까지 유지되기는 하지만 중간중간 문득 사실 이게 다 하나의 망상이고 남편은 원래 없었다든가 같은 식으로 전개되지 않을까 하는 생각을 꼭 하게 된다. 결말을 알면서도 귀여운 요리 장면 사이에서 어쩌면 망상이야…… 싶어지고 정말로 남편 없는 하나의 세계가 있을지도 모르겠다는 생각을 이 만화를 펼칠 때마다 하게 되는 것이다. 있다고 하는데 '보여주지 않기'. 간단해 보이는 것 같은데 이게 제대로 구동할 때 이상한 서스펜스가 자연스럽게 생기는 것 같다.

어쨌거나 하라 료가 본인이 판단한 세계를 계속해서 만들어가는 것의 대단함에 대해 여러 번 생각했다. 이것을 읽는 동안 내 단편집 『믿음의 개는 시간을 저버리지 않으며』의 교정지를 봤는데 아예 다른 스타일의 소설임에도 아 뭔가 하라 료가 가지고 있는 종류의 판단력이 필요해. 그것을 가져오자 좀 더 냉정해질 필요가 있어 생각하면서 소설을 고쳤다. 재미있는 소설은 늘 힘을 준다. 하드보일드소설 속 탐정들은 위태롭고 불안하지만 각자 다른 방식의 어른스러움을 가지고 있는 강인한 인간들이다. 그래서 힘들고 지칠 때 탐정소설을 정신과 몸이 원하는 것 같고 같은 이유로 하라 료를 반복해서 읽는 것 같다. 레이먼드 챈들러도 좋고 대실 해밋도 너무나 좋다. 정말 좋다. 모두 위대하고 굉장하다. 그럼에도 하라 료를 더 자주 읽고 독자로서 하라 료에 더 큰 접점을 느끼는 이유는 무엇일까. 비교적 동시대를 사는 가까운 나라의 사람이라서? 그것도 크겠지만 아마 나는 하라 료가 만드는 공간을 사랑하는 것 같다. 이 소설 같은 경우를 예로 들면 초여름의 도쿄의 모습 같은 것이. 도시 속의 가로수들 그 사이로 비치는 빛과 허무함 밤의 무거움과 흔들림 같은 것들. 그 공간을 가로지르는 사와자키, 그리고 그의 이상한 수줍음과 결벽성도 좋아한다. 하지만 그게 다가 아니고 역시 뭔가 부족하다. 왜 이 작가가 아니라 이 작가에게 더 밀착해 있는지 왜 더 친구라고 생각하는지. 그걸 계속 생각하고 또 운이 좋다면 그걸 써보고 또 이게 아니라고 생각하고 다시 쓰는 일을 잘해보고 싶다. 아직은 뭔가 부족하다고 생각하게 되지만 말이다.

챈들러와 대실 해밋 이야기가 나와서 그런데 하라 료의 소설에는 그들에게 받은 영향이 강하게 드러난다. 그게 독자에 따라서는 하라 료를 좋아할 수도 그다지 매력을 느끼게 되지 않는 이유가 될 수도 있을 것 같다. 아니야 아닌 것 같다. 한 권을 다 읽는다면 그런 사실을 잊게 될 거야. 이미 여러 번 여기저기서 말한 것 같지만 영향을 강하게 드러내기 나는 그걸 잘하는 작가들이 좋고 하라 료를 좋아하는 수많은 이유 중 하나는 그것이다. 왜냐면 보통 제대로 읽는 사람이 그것을 해낼 수 있기 때문이다. 또 하라 료는 재즈

피아니스트로도 활동했는데 이 사람은 텔로니어스 멍크를
정말 좋아한다. 첫 소설에 등장하는 재즈 피아니스트도
멍크의 이름을 대며 자신의 연주 스타일을 설명하고,
나중에 찾아보니 하라 료가 80년대에 낸 음반 제목은 〈Plays
Thelonious Monk: Ask Me Now〉이다.

　　등장인물들이 영화 이야기를 많이 하는 것도 좋다.
영화와 음악, 소설이 하라 료의 소설을 느슨하지만 안정감
있게 받치고 있는 느낌을 줄 때가 있고 독자로서 그 지면을
걷는 느낌이 좋다. 어지럽고 불안하고 큰 고민을 안고 탐정
사무소 안을 들어가지만 그 바닥의 독특한 단단함을 독자는
이미 알고 있는 것이다. 이 글을 쓰다 찾아보니 하라 료는
스무 살 이후로 술을 아예 마시지 않는다고. 그때부터 술 마실
돈을 책 음반 영화에 썼다고 했다. 20대 중반 도스토옙스키의
『악령』이 너무 재미있어서 자는 시간도 아까워하며 4일쯤
집 밖에 나가지 않고 읽었고 그때 단팥빵과 우유만 간신히
굶지 않을 정도로 먹었다고 한다. 그러고 보면 하라 료는
에세이에서 독자로서의 능력이 소설을 쓰는 데 중요하다고
강조했다. 그건 정말 당연한 이야기 같지만 빵과 우유만
먹으며 책에 몰두했다는 이야기와 함께 떠올리니 진지하게
받아들이지 않을 수 없다. 아무튼 이 이야기가 왠지 좋고 너무

교훈적인 태도인가 싶지만 동시에 앉은 자세를 고치고 나도
책을 진지하게 읽어가야겠다고 생각했다. 하라 료 이야기는
쓰다 보면 어디서 끊어야 할지 알 수 없어지니 다음에 다시
언덕에 올라가서 외치도록 하고 하라 료와 비슷한 시기에
읽었던 볼라뇨 이야기를 해봐야겠다.

2

로베르토 볼라뇨, 『SF의 유령』

(박세형 옮김, 열린책들, 2022)

『SF의 유령』은 빨래방에서 돌아가는 빨래들을 보며
읽었다. 빨래를 돌리며 읽기 좋은 구성인데 각 챕터가 짧아서
끊어 읽기 편하고 아주 조용한 곳보다 적당한 노이즈가 있는
곳에서 읽는 것이 어울리는 소설이었다. 소설을 읽다 고개를
들면 세탁기의 열기와 베이비파우더 같은 세제 냄새가 섞인
공기가 흐르고 비가 오건 햇볕이 내리쬐든 상관없이 일정하게
쾌적하게 느껴진다. 정지돈의『모든 것은 영원했다』도
돌아가는 빨래를 보며 읽었다. 순간 이곳이 아닌 것 같은
느낌을 주는 소설들과 적당히 좋은 기계들의 소리. 이런
생각을 하다 보면 결국에는 루시아 벌린에 이르게 된다. 가장

위대한 코인 런드리 문학. 코인 런드리 라이팅의 가장 높고 아름다운 곳. 그런데 루시아 벌린은 자기는 거기 없다고 높은 곳 같은 거는 자기랑 어울리지 않는다고 할 것 같고. 빨래가 끝날 때까지 소설을 다 읽지는 못했고 이후 들고 다니며 이곳저곳에서 읽다가 마지막 3분의 1 정도는 조용한 방 책상에서 읽었다.

6월에서 7월 하라 료의 『내가 죽인 소녀』와 볼라뇨의 『SF의 유령』을 교차하며 읽었는데 둘 다 마지막 즈음에서 뭐지 너무 좋다 아 너무 좋다 속으로 외치게 되는 소설들이었다. 하라 료의 인물들이 눈에 띄게 자주 높은 곳에서 낮은 곳을 오가지는 않지만 오래된 빌딩 안에 사무실이 있고 계단을 오르는 의뢰인들이 있고 창 블라인드 너머 건물 주차장을 살피는 장면이 반복되어서인지 하라 료의 소설들을 떠올리면 계단 아래에서 위를 올려다보는 장면 창에서 주차장을 내려다보는 장면같이 위와 아래를 오가는 시선들이 떠오른다. 하라 료는 소설을 쓰기 전 꽤 오랜 시간 영화 일을 하려고 애썼는데 그래서인지 블라인드 너머 주차장 맞은편 도로 등을 묘사할 때 여러 미국 영화들이 떠오르기도 한다. 아마 본인도 의식적으로 그런 장면들을 떠올린 것이 아닐까.

반면 볼라뇨의 『SF의 유령』을 읽으면서는 도시의 거리를 여러 친구들이 오르지도 내리지도 않고 그저 멀리로 더 멀리로 걸어가고 숨고 나아가고 멈추고 그리고 사라지기도 하는 움직임이 떠올랐다. 이것은 물리적인 움직임뿐만이 아니다. 소설의 장면들이나 볼라뇨의 다른 소설 속 인물들의 관계를 꼼꼼히 분석해본 것은 아니지만 볼라뇨 소설 속 인물들은 대체로 위계가 없다. 수직적 관계도 거의 없고 그게 있을 법한 곳에서도 왜인지 느껴지지 않는다. 꼭 위계가 아니더라도 사랑을 주고받거나 더 유명하고 덜 유명하거나 익숙하고 익숙하지 않음 더 친하고 덜 친함 같은, 관계에서 수직적 힘이 작동할 만한 곳에서도 볼라뇨의 소설은 작동하지 않는다고 해야 할까 그것이 강조되어 드러나는 방식으로 그려지지는 않는다. 또한 우정과 사랑 성애 질투 이런 것들이 무척 중요하지만 그런 것들이 발생하는 순간에는 상당히 냉정하다. 그걸 제대로 관찰하고 있다. 어떻게 보면 그런 감정들의 움직임보다 문학을 읽는 순간이 더 중요하고 끈끈하게 느껴지고 사실 볼라뇨의 소설에서 화자가 가장 흥분하는 순간은 문학을 말하는 때인 것도 같다. 문득 이전에 히피와 비트의 차이점은 무엇인가요? 라는 질문에 히피는 같이 사는 거고 비트는 각자 사는 거죠였나 그런 이야기를 전해 들었던 것이 떠올랐다. 다 같이 모여 살고 밥을 하고 약을 하고 떠나고 버스를 타고 그게 히피라면 비트는 각자 살지만 어떤 연결됨이 있다는 건데 여기에 볼라뇨를 갖다 붙이려는 건 아니지만 볼라뇨의 인물들은 각자 서 있고 각자 서 있어서 함께 뭔가를 할 수 있다. 어쩌면 그래서 비트 세대는 문학이 남은 것이고 히피는 음악이 남은 것인가 싶기도 하다. 각자 있되 연결됨이 중요한 것인데 연결되다가 또 흩어져야 하는 것 같다. 움직여야 한다. 그런데 어떻게 움직이고 어디로 흐르는가 개인에게 그것은 당연히 의식적으로 만들어낼 수는 없는 것인데 (어떨 때는 가능하겠지만) 한 발 떨어져서 보면 거기엔 나름의 맥락과 흐름이 있을지 모르겠다.

다른 이야기이지만 볼라뇨 인물들의 움직임을 생각하다 보면 정지돈 소설의 인물들도 생각하게 된다. 정지돈의 인물들도 꽤 각자 서 있는 사람들이다. 『…스크롤!』의 인물들도 그런데 여자친구에게 차여서 어쩔 줄 모른다거나 누군가를 흠모하고 경멸하고 또 누구는 많이 유명한데 다른 사람들은 그렇지 않고 같은, 다른 소설에서라면 좀 더 압력이 느껴질 인물과 상황 감정들인데 막상 읽어나가면 이 사람들 사실은 각자 있네. 각자 사는 사람들이고 그래서 같이 뭔가를 하고 있다는 느낌이 든다. 공간 설정 자체는 위에서 아래로

촘촘하고 광범위한 것 같지만 이 소설도 볼라뇨 소설처럼
관계에서 수직적 힘의 작용이 거의 느껴지지 않는다.

『SF의 유령』을 읽으며 구체적으로 좀 흥미로웠던
것은 『먼 별』 등 볼라뇨의 여러 소설에 반복해서 등장하는
멕시코의 문학 교실과 그곳에서 만나는 지나치게 매력적인
또래지만 성숙한 여성 시인 혹은 여성들과 아직 미숙하고
덜떨어진 남성인 화자와의 관계인데 이들의 관계가
굴종적이지도 파괴적이지도 낭만적인 길로 쉽게 넘어가지도
않는다는 것이다. 이 책에서 레모와 라우라의 관계 역시
비슷한 구도인데 이들의 만남과 대화 겹쳐짐과 흥분 열기가
구체적으로 생생히 그려지지만 이러지 않을까? 하는
곳으로 이들은 가지 않는다. 이들이 가는 길을 따라가보면
납득이 가는 동시에 생각지 못한 놀라움을 보여준다. 이들이
보여주는 장면들은 생생하게 전달되는 구체성을 띠지만
예상대로 흘러가지는 않는 것이다. 경이롭고 동경하고
사랑에 빠지지만 실은 스스로 서 있는. 그러다 걷고 또 걷고
멀리 나아가는. 볼라뇨의 화자는 그 자신으로 서 있고 다른
사람들도 그와 같이 한 사람으로 발을 딛고 서 있다. 볼라뇨의
소설이 그려내는 이상한 수평적 관계를 잠깐 생각했다.
동시에 볼라뇨는 대체로 여성들을 납득시킨다. 이걸 볼라뇨가

그리는 여성 인물들이 입체적이고 강력하고 매력적이고
그래서 납득이 되는 인물들을 그려낸다고 풀어서 말할 수도
있을 텐데 뭔가 그렇게 말하고 나면 미진하고 이게 아니라는
느낌이다. 말이 되지 않는 말 불충분하고 한참 부족한
설명이지만 지금으로서는 '여성들을 납득시킨다'로 정리할
수밖에 없다. 하지만 정말 이게 다가 아니고 아니야.

　　소설을 읽던 어느 날 이 책의 역자인 박세형 님을 만나
커피를 마셨다. 세형 씨는 조용히 꾸준히 볼라뇨 이야기를 할
수 있다. 한 세 시간쯤은 가볍고 아무렇지 않게 마치 버튼을
누르면 선풍기가 돌아가는 것처럼 차분하게 볼라뇨 이야기가
흐른다. 미풍 세 시간 같은 느낌으로. 그런데 어쩌면 선풍기는
영원히 돌아갈 수도 있다. 그저 선풍기만큼 끈기 있는 사람이
없는 것이다. 늘 그게 신기했는데 절대 과장하거나 호들갑을
떨지 않고 조용히 볼라뇨 이야기가 이어진다는 것이 정말로.
그러한 특징은 『SF의 유령』에 수록된 「옮긴이의 말」에도
잘 드러난다. 별생각 없이 아 그렇구나 그렇구나 하면서
읽다가 잠시 정신을 차려보면 이 글은 볼라뇨와 『SF의
유령』과 관계된 아주 사소해 보이는 정보까지 무척 꼼꼼하고
흥미롭게 연결시켜 전달하고 있다. 「옮긴이의 말」도 볼라뇨의
인물들처럼 좀 더 멀리 다른 작가로 다른 작품으로 그러나

연결됨을 가지고 멀리 가고 있는 느낌이다. 그러고 보면
「옮긴이의 말」이야말로 언덕에 올라가 외치기를 대표하는
장르일 것이다. 물론 번역을 했다고 늘 언덕에 올라갈 마음이
들지는 않겠고 오히려 악담을 하러 올라가고 싶을지도
모르겠지만 말이다.

하라 료를 이야기하다 말한 '왜 저 작가가 아니라 이
작가에게 더 밀착해 있는지 왜 더 친구라고 생각하는지' 하는
이야기는 사실 세형 씨를 만나 볼라뇨 이야기를 하다 나온
것이다. 여러 굉장한 중남미 작가들 이름이 오간 후에 아
그렇죠 그렇죠 그렇지만 그런데 하지만 저는 볼라뇨가 정말
가장 좋은 것 같아요! 제가 왜 그런지 생각해봤는데……. 그때
내가 말한 이유는 이런 것이었는데 볼라뇨에게는 내가 들어갈
수 있는 통로가 많다는 것이었다. 내가 접근하고 둘러보고
문을 열고 들어가 앉아 있을 수 있다. 그 통로는 볼라뇨의
소설에 넘쳐흐르는 작가들 책들 영화들이기도 하고 도시의
밤과 걷고 또 걷고 헤매는 거리들 뭔가 그럴듯해 보이는
것들을 참을 수 없어 하는 볼라뇨의 기질적인 면이기도
하다. 그리고 다른 작가와 비교할 수 없는 볼라뇨가 가진
자신만의 용기와 스치듯 느껴지는 초조함. 나의 비겁함과
치사스러움이 종종 볼라뇨를 읽을 때는 세탁되는 것도 같고

나도 용기가 있는 사람이라고! 아주 잠깐 나에게도 그 힘이 주입되는 것 같다. 하지만 역시 말하다 보면 중요한 것이 빠진 것 같다. 이 주변부를 빙빙 도는 미진한 느낌. 좋은 것이 왜 좋은지 설명하는 것의 어려움. 하지만 그건 내가 볼라뇨 소설의 좋음을 제대로 설명할 수 없기에 느끼는 미진함이지 볼라뇨의 소설 속 많은 통로에 대한 것은 아니다. 볼라뇨는 통로와 창이 많은 작가이고 그래서 여러 번 들어갈 수 있다. 반복은 이전과 똑같은 것을 하는 것이 아니라 똑같은 것을 하려 해도 변주하게 되는 것 같고 볼라뇨를 반복해서 읽는 것은 더욱 그렇다. 그래서 내게 볼라뇨를 읽는 일이 더욱 기대가 되는 것이다.

그렇다면 『SF의 유령』의 통로는 어떤 것들인가. 여기에는 끝없이 이어질 것 같은 SF 작품들이 있고 도무지 이곳에서는 제대로 된 뭔가를 할 수 없다고 진심으로 생각하는 조숙한 작가가 있고 각자 서 있고 그러다 만나고 흩어지는 사람들과 그들이 걷는 밤의 거리들이 있다. 흔들리며 걷고 또 뒤돌아보며 손을 흔드는 거리와 사람들. 지나쳐가는 얼굴들이 있다. 이건 이 소설이 가진 통로지만 볼라뇨의 소설 전체에서 반복되고 연결되는 창과 통로이기도 하다. 그러니 이곳에 발을 들여도 좋지 않을까. 나는 여기 계속 있고 싶다.

함께 읽은 책

구스미 마사유키, 『하나씨의 간단요리』, 오경화 옮김, 미우, 2016.
로베르토 볼라뇨, 『먼 별』, 권미선 옮김, 열린책들, 2010.
정지돈, 『모든 것은 영원했다』, 문학과지성사, 2020.
―, 『…스크롤!』, 민음사, 2022.
하라 료, 『지금부터의 내일』, 문승준 옮김, 비채, 2021.

가을

─────────────

    ─────────────

내가 생각하는 것은 이런 건데 무릎 위에 놓인 얼굴을 보다가
이건 이것대로 재미있군 생각하는 여자,
혹은 아주 슬퍼하는 여자, 문득 애가 타는 여자,
저녁에 뭘 먹지 생각하는 여자와 어느 순간 아 지루해,
하고 일어나 거리를 걷는 뒷모습들. 그런 뒷모습들이 고개를 돌리면
어떤 얼굴을 하고 있을까 그건 쉽게 뭐라고
대답이 나오지 않는 질문인 것 같다.

─────────────

    ─────────────

소설에 관한

몇 가지 이야기

다른 사람들은 어떤 식으로 책을 읽는지 모르겠다. 나 같은 경우는 책을 많이 읽는 쪽은 아니고, 몇 권 안 되는 책을 천천히 읽고 읽었던 것을 다시 또 읽으며 좋다고 생각하는 쪽이다. 소설의 경우는 이게 더하다. 아주 좋다고 생각하며 읽는 것이 많지는 않고 좋다고 생각하는 것들은 반복해서 읽는다.

　　최근(이라고 해도 요즘은 2, 3년 정도를 최근이라고 생각하는 것 같다) 읽고 좋았던 것은 루시아 벌린의『청소부 매뉴얼』이다. 첫 단편을 읽고 굉장히 좋았는데 그 이후로 거의 1년에 걸쳐 천천히 읽고 있다. 매 단편을 읽을 때마다 너무나 좋아서 놀라고 그러다 돌아가고 싶은 장면을 반복해서 읽으며 지금 쓰는 소설에서 그 장면을 따라 하려고 시도해보고 그런데 잘되지는 않고 잘되지는 않아도 얻어지는 것이 있고 그런 식으로 루시아 벌린을 읽고 썼다. 루시아 벌린 외에도 작년에 읽고 좋았던 것이 있는데 데버라 리비의『알고 싶지 않은 것들』이 그랬다. 데버라 리비의 이 소설을 읽으며, 훨씬 더 구체적으로 어떻게 하면 이 소설을 내가 쓰는 소설 안에서 잘 구현할 수 있을지 고민했었다. 역시 잘되지는 않았지만 데버라 리비를 읽지 않았다면 소설을 시작하기 위해 헤매는 시간이 더 길었을 것이다. 두 소설 모두 앞으로도 여러 번 반복해서 읽으며 어떤 식으로 내가 이들을 출력할 수 있을지 고민하고 시도해볼 것이라고 생각한다.

　　루시아 벌린을 읽으며 리처드 브라우티건 생각을 많이 했다. 우리는 어떻게 만나고 헤어지는 것일까. 리처드 브라우티건을 처음 읽은 것은 스무 살 때였다. 그 이후로 꽤 긴 시간 동안 리처드 브라우티건은 내가 가장 좋아하는 작가였다. 샌프란시스코에 여행을 갔을 때는 비트 제너레이션 작가들이 자주 들렀던 장소를 모아 소개한 여행 책을 들고 다니며 브라우티건이 좋아하던 식당과 카페에 들르기도 했다. 어떻게 브라우티건처럼 쓸 수 있지? 애초에 이런 질문이 가진 함정을 그때나 지금이나 직감적으로 잘 알고는 있었는데 그럼에도 그에 대한 고민은 늘 열심이었고 지금도 그러하다. 루시아 벌린을 읽다 보니 새삼 브라우티건과 어느샌가 결별했다는 것이 분명하게 느껴졌고 그것이 무척 쓸쓸했는데 떠나올 것이라 생각하지 않았던 것들을 떠올리면 어쩔 수 없다는 감정과 슬픔이 휘몰아치기 때문이다. 브라우티건뿐만이 아니고 이어지는 다른 이름들도 있었고 아무튼 이런 이야기는 정말로 끝이 날 것 같지가 않다. 어떤 소설을 읽고 좋았는데 다른 어떤 작가가 떠올랐고 그 작가는 이러이러한 풍경을 보여주었고 그 풍경이라 하면 또 이 작가가 있는데 그와 나는 어느새 헤어졌고 그런 이야기들.
누군가를 떠올릴 때 또 다른 작가를 떠올리며 그들이 마치
대화를 나누듯 각자의 장면을 내 책상 위에서 펼치는 일들.
브라우티건이 떠오른 이유는 이전까지 내가 떠올리는
미국의 원풍경은 브라우티건이었는데 루시아 벌린을 읽다
보니 벌린의 미국이 내게 더 생생하게 느껴졌기 때문이었다.
그러니까 나는 벌린이 그린 이곳에 있으며 나아가 소설 속
이 순간을 완전히 이해한다는 착각을 하게 하는 것이다.
이러한 착각을 가능하게 하는 책들은 자주 찾아오지 않는다.
이 간단한 이야기를 하기 위해 이렇게 이야기가 길어졌는데
그 이유는 앞서 말한 것처럼 이런 이야기는 정말로 끝날 것
같지 않기 때문에. 그리고 그것이 내게는 가장 자연스러운
방법이기 때문이다.

    루시아 벌린은 1936년생이고 리처드 브라우티건은
1935년생이다. 죽은 건 브라우티건이 먼저인데 그는 1984년
권총 자살로 생을 마감하였고 벌린은 2004년 암으로 죽었다.
벌린은 10대 시절을 칠레에서 보냈다. (그러므로 1953년
칠레에서 태어난 로베르토 볼라뇨와는 같은 풍경에 있을 수
없었을 것이다.) 벌린은 1971년부터 1994년까지 캘리포니아
버클리에서도 생활했고 그렇다면 루시아 벌린은 리처드

브라우티건을 마주쳤을 수도 있고 아닐 수도 있을 것이다.
하지만 벌린은 브라우티건을 읽기는 했겠지? 그런 생각을
하다가 나 역시 모두가 당연히 읽었을 것이라 생각하는
누구누구 그 사람 그 좋다는 그것들을 하나도 안 읽었으니
모를 일이라고 생각한다.『청소부 매뉴얼』의 첫 단편인
「에인절 빨래방」은 뉴멕시코주의 빨래방이 배경이다.
빨래를 넣고 빨래를 기다리는 동안 무언가를 해야 한다. 어떤
식으로든 시간을 흘려보내야 하는데 예전 영화에서라면
주인공들에게 십자말풀이 같은 것을 시키지 않았을까?
그리고 역시나 시간을 흘려보내야 하는 옆에 앉은 사람은
그것을 무심하게 보다가 어쩌면 답을 알려줄 수도 있겠지.
둘은 서로 가까운 곳에 살 수도 있고 아니면 한 명은 여행자일
수도 있다. 빨래방은 각자의 사는 곳과 무관하게 영영 만날 수
없을 것 같은 두 사람이 우연히 함께 시간을 보내는 장소처럼
여겨진다. 벌린의 단편「에인절 빨래방」에서 젊은 애엄마인
'나'와 늙은 인디언 토니는 나란히 앉아 있다 거울에서 서로의
얼굴을 확인한다.

> 그때 처음으로 우리 두 사람의 눈이 거울 속에서 마주쳤다.
> 그 위로 '세탁기에 너무 많이 넣지 마시오'라는 게시문이

보였다.

내 눈에 공포심이 비쳤다. 나는 내 눈을 들여다보다 고개
숙여 손을 보았다. 꺼림칙한 옅은 검버섯, 흉터 둘. 인디언의
손이 아닌, 불안하고 외로운 손. 내 손에 아이들과 남자들과
공원이 보였다. (11쪽)

　　토니는 알코올중독자이고 소설 속 나 역시 그러하다.
술을 마시지 않은 토니가 손이 떨려 세탁기에 동전을
넣지 못하는 것을 나는 알아차린다. 단편집의 시작인 이
소설에서처럼 술을 마시는 사람 너무 많이 마시는 사람
술과 문제가 있는 사람 술과의 관계가 문제인 사람들이
매 단편 등장하는데 그럼에도 그들이 어느 순간 새롭게
시작해야 한다고 마음을 먹을 때, 그 결단의 순간에도 어딘가
불가항력적인 절망이 도사리고 있는 것이 느껴지거나 술과의
시간 속에서만 충만한 관계의 순간적인 반짝임 그러한
순간들이 잠시 읽던 것을 멈추고 어딘가를 걷고 싶게 만든다.
책의 뒷부분에 실린 단편 「웃음을 보여줘」에서는 그 모든
것이 선명한 슬픔 속에서 흐른다. 하지만 그들이 가진 것이 그
시간들 안에서 흔들리는 불안뿐인 것은 아니라는 것을 말하고
싶다. 그들에게는 손에 꼭 쥐고 있는 동전 같은 것이 있다는

것을 버스를 타고 정류장에서 내려 커피를 한 잔 마실 수 있는 정도의 동전 같은 것이 있다는 것을 손을 펴지 않아도 작은 금속의 냄새를 살려낼 수 있다는 것 역시 말하고 싶다. 그러니 루시아 벌린을 읽을 수밖에.

　　이 글을 쓰다 느낀 것인데 헤어진 모든 것이 사라진 것은 아니고 어딘가에 있다. 여러 번 삼켜서 어디에 있는지 찾기가 힘들어서 그렇지 자신의 어딘가에 남아 있는 것이다. 그러니까 다시 또 브라우티건 생각이 났다는 이야기인데 루시아 벌린처럼 리처드 브라우티건도 술과의 관계에서 문제가 있었다. 그가 도쿄에서 머물던 시절 영화감독인 하세가와 가즈히코에게 얻어맞아 코뼈가 부러진 곳은 롯폰기의 바 안이었다. 그 에피소드는 리처드 브라우티건 전기에 포함되어 있는데 그 전기를 쓴 사람은 사립탐정 해리 엔젤이 등장하는 탐정소설 『폴링 엔젤』을 쓴 윌리엄 요르츠버그이다. 그들이 그리는 미국은 각기 다른 방식으로 생생하여 여러 번 반복해서 읽게 한다는 이야기로 글을 맺고자 한다. 그렇지 않다면 이 글은 정말로 언제까지고 이어질 테니 말이다. 하지만 루시아 벌린의 미국 풍경이 어느 지점에서 브라우티건과 만나고 그런데 뉴욕의 탐정이 보는 미국은 결코 그들과 만날 수 없는가 하는 것, 소설에 관한 이야기를 그런 식이 아니면 어떤 식으로 해야 하는지 나는 정말 알 수가 없다.

*

이 에세이를 쓰고 왠지 모를 미안함과 돌이키고 싶은 마음에 리처드 브라우티건 소설을 다시 읽다가 「리처드 브라우티건 스파게티」라는 소설을 썼다. 지금은 브라우티건과 루시아 벌린 모두 여러 번 반복해서 읽고 싶다는 생각을 할 뿐이다.

함께 읽은 책

데버라 리비, 『알고 싶지 않은 것들』, 이예원 옮김, 플레이타임, 2018.
루시아 벌린, 『청소부 매뉴얼』, 공진호 옮김, 웅진지식하우스, 2019.
윌리엄 요르츠버그, 『폴링 엔젤』, 최필원 옮김, 문학동네, 2009.
—, *Jubilee Hitchhiker: The Life and Times of Richard Brautigan*, Counterpoint, 2013.

도시의 밤,

_____

웅크린 동물들 같은

처음 읽은 아베 고보 소설은 아마 다른 사람들도 그렇겠지만 『모래의 여자』였다. 자세히 기억나지는 않지만 흥미롭다고는 생각했으나 끌리거나 좋다는 생각은 들지 않았다. 오히려 좀 싫은 쪽이었는데 그 이유가 뭐였는지 생각이 나지 않다가 이번 기회에 『모래의 여자』도 다시 읽어봐야지 생각하며 책장을 넘기다가 기억이 났는데 나는 주인공이 처하는 상황 자체가 싫었던 것 같다. 거기에 더해 무언가 비밀이 있는 듯한 느낌을 주는, 약간의 수동성과 그에 대한 반동처럼 여겨지는 묘한 에너지를 가진 여성 캐릭터도 이제 내 안에서는 지겨운 느낌이 들었다. 그럼에도 흥미롭고 대단한 작품이라는 것은 분명했는데 아 싫어 라고 생각하면서도 책을 쥔 손을 붙잡는 힘은 분명히 느낄 수 있었다. 훌륭한 작품에는 물리적인 힘이라는 것이 분명히 존재해서 첫 장만 넘겨도 그 끓는 힘이 느껴지거나 팔목을 덥석 붙잡는 것 같거나 뒤통수를 누르는 것 같은 느낌을 직접적으로 느끼게 되는 것 같다.

가끔은 아베 고보를 좋아한다는 사람을 만날 때가 있고 그러다 보면 자연스럽게 『모래의 여자』이야기를 하게 되는데 나는 『모래의 여자』이야기가 나올 때마다 상대방에게 그 마을이나 집 모양을 머릿속으로 어디까지 구체화시킬

수 있는가 묻게 된다. 『모래의 여자』를 좋아한다고 했던
사람들은 다들 읽자마자 그 장면을 머릿속에 그리는 것이
어렵지 않았다고 했다. 나는 그 반대였는데 그래서『모래의
여자』가 아주 좋지는 않았던 걸까 하고 잠시 생각하였다.
아무튼 아베 고보의 대표작처럼 여겨지는『모래의 여자』가
나와 맞지 않았기 때문인지 작년까지 그의 다른 작품과는
인연이 없었다.

　　『불타버린 지도』를 처음 읽게 된 것은 도서관에서 책을
고르다 아베 고보 소설 중에 이런 소설이 있었나? 하는 생각이
들어 처음 몇 페이지를 넘기게 되었을 때였다. '조사 의뢰서'로
시작하는 이 소설은 첫 장을 펼치자마자 아 힘이 있네 라는
느낌이 들었고 멈춰 서서 몇 페이지를 넘기다 빌려 와 집에서
계속 읽어 내려갔다. 그러고 보면 훌륭한 소설……이라고
해야 할까, 뛰어난 소설에는 정말 물리적인 힘이 있어서 그
자리에서 멈춰 서게 하고 그 힘은 정말로 책을 쥔 손목을 꽉
쥐고 있는 것 같다.

　　소설은 네무로 하루라는 여성이, 주인공인 탐정에게
실종된 남편을 찾아달라는 의뢰를 하는 것에서 시작한다.
하지만 별로 남편을 애타게 찾는 것 같지도 않고 남편의
행적을 물으면 말을 빙빙 돌리거나 맥주를 마시거나 한다.

이 여성은 앞서 말한 『모래의 여자』의 여성 캐릭터처럼 미스터리함을 중심에 두고 묘한 성적 에너지를 보여주고 있는데 그것이 때로 음 또 이런 여성인가? 싶기도 하지만 주인공인 탐정 역시 그에 대응하는 성격을 보여주기 때문에 어울린다는 생각이 든다. 하지만 이런 이야기를 하다 보면 역시 인물에서부터 시작하는 것은 잘못이라는 생각이 든다. 이 소설은 사람과 사람이 얼굴을 맞대고 서로의 표정이 오가며 그 사이를 대화와 감정과 사연이 각자의 속도로 만나는 그런 소설이 아닌 것이다. 오히려 그림을 그리자면 비슷한 길을 반복해서 오가는 한 남자가 있는데 이 남자는 길에 비해 아주 작은 모습으로 화면에 드러나고 그 앞을 붉은 자동차가 마치 이 사람을 칠 것처럼 급히 지나가고 남자는 반복적으로 방금 지나간 골목의 위치 지나는 사람들의 얼굴 자동차의 번호판을 되뇐다.

『모래의 여자』처럼 압도적인 장소적 배경이 있는 것은 아니지만 도시라는, 다른 의미로 강력한 장소를 전면으로 드러내고 있는 소설이다. 이 소설이 그리고 있는 '도시'는 아마도 도쿄 올림픽 이후 1960년대 중후반 도쿄겠지만 그런 생각을 하지 않고 보더라도 주인공이 찾고 헤매는 것은 의뢰인의 남편이 아닌 '도시' 속의 자신으로 '자신'은

이 도시가 익숙하면서도 굉장히 낯선 동시에 지겨워하고 있는 존재라는 것을 반복되는 장소에 대한 묘사로 드러내고 있다. 또한 이 도시에 대한 묘사라는 것도 거리를 두고 풍경을 바라보는 느낌이 아니라 내 눈 앞으로 갑자기 골목이 드러나고 회색 길이 팔을 스치고 지나가듯 가까운 거리에서 불쑥 드러나버리고 그 순간을 깨는 것은 아이들의 목소리이며 어지러운 햇살이고 자동차의 경적인 그런 식이다. 끊임없이 가늘고 복잡한 손으로 사람들의 머리를 흩트려놓고 새로운 바닥으로 던져버리는 장소로의 도시이다. 오히려 그런 점에서 이 소설과 나란히 보면 좋을 소설은『모래의 여자』보다는 『상자인간』일 듯하다. 도시 속에서 점처럼 사라지는 사람들과 하지만 누군가의 어깨를 치며 말을 거는 도시의 얼굴들을 두 소설은 어지럽게 그리고 있다.

아베 고보가 그리는 도시는 도로의 느낌이나 골목의 방향, 자동차의 경적 등 여러 요소가 생생하게 사람들을 헤집는 느낌이다. 그것을 이 사람은 딱히 집요한 느낌으로 그리고 있지는 않은데 이미 머릿속에 도시의 모습이나 지도 그 자체가 들어앉아 있는 사람이 그리는 것이라 거기서 나오는 이상한 생생함과 강함이 있다. 소설의 시작 부분의 거리 묘사는 아주 잘 아는 거리를 쉼 없이 반복적으로 중얼거리는 느낌이라 긴장감을 가지고 여러 개의 선을 그으며 시선을 이동시켜야 했다. 아베 고보는 누가 여기에서 거기를 어떻게 찾아가느냐고 물으면 아주 자세하게 약도를 그릴 수 있는 사람임이 분명하다.

그렇다면 이 소설에는 사람들이 흔히 '도시' 혹은 '현대', '도시인' 같은 단어를 떠올릴 때 이야기하는 특성들이 잘 드러나고 있을까. 아니라고 할 수는 없지만 그것과는 조금 다른데 고독한 현대인이나 익명성, 단절 같은 것보다는 도시의 동물성이 더 강하게 느껴진다고 할 수 있다. 어느 순간 굴러떨어지는 것도 아니고 우리가 어디로 가는지 알고 있으면서도 밟게 되는 구덩이 같은 순간과 사람들이 이 소설에는 있다, 한밤중 가로등 너머 웅크리고 있는 늑대인가 싶은 큰 개 같은 존재들이. 그래서인지 이 소설을 읽는 내내 떠올리게 되는 것은 그의 다른 소설이라기보다는 동시대의 일본 영화들이었다. 스즈키 세이준의 〈살인의 낙인〉 같은 영화는 조직의 넘버 3가 2인자와 1인자를 처치하고 1인자가 된다는 줄거리로 아베 고보의 소설과는 완전히 다른 내용이지만 여성 캐릭터의 성격이나 그에 대응하는 남자 주인공의 성격이 아주 비슷하고 도시를 바라보는 시선도 이 소설과 닮아 있다. 달리 생각하면 그런 영화들을 보고 여전히 예전의 모습을 유지하고 있지만 빠르게 변화하는 도쿄의 모습을 실감하던 당대의 사람들에게는 이 소설이 자신들의 생활이나 사고방식과 너무 가깝게 붙어 있다고 생각했을지도 모르겠다는 생각도 들었다. 이미 나는 그런 식으로 읽을 수가 없고 또 그런 식으로 이 소설을 읽는 감각은 어떤 것일까 상상해보게 되고 소설을 그런 감각으로 읽을 수 있다는 것에 약간의 부러움을 갖게 되기도 한다. 물론 나는 지금의 소설을 그런 식으로 읽을 수 있을 것이고 『불타버린 지도』가 나왔을 시기를 그저 상상해보는 것뿐이겠지만 이 소설이 발표될 당시에 이것을 읽는 압도적인 느낌은 가정해보는 것으로도 강렬한 독서로 느껴진다.

꼭 대단한 것을 읽는 것만이 독서라고 생각하지는 않고, 심심할 때 읽는 책들은 그 나름대로의 좋은 친구라고 생각한다. 하지만 가끔씩 아 이 소설은 읽는 사람에게 쉽게 장악되지 않네 라는 생각을 갖게 하는 책들을 읽으면 다른 차원의 경험을 할 수 있다. 『불타버린 지도』를 처음 읽을 때 그랬다. 쉽게 장악되지 않는 소설, 줄거리와 관계없는 새로운 국면을 드러내는 소설이었다. 그래서 다시 읽고 또 읽게 되는 것 같고 그런 소설을 자주 만나고 싶다고 생각하게 된다.

함께 읽은 책

아베 고보, 『모래의 여자』, 김난주 옮김, 민음사, 2001.
　　—, 『상자인간』, 송인선 옮김, 문예출판사, 2010.
　　—, 『불타버린 지도』, 이영미 옮김, 문학동네, 2013.

무릎에 놓인

_____

얼굴

_____

다자이 오사무의 『인간 실격』은 대입 수험이 끝나고 시간이 많을 때 도서관에서 읽은 소설 중 하나였다. 그 시기 함께 읽었던 책으로 최인훈의 『광장』과 『회색인』이 떠오르는 것을 보면 뭔가 권장 도서 같은, 마땅히 읽어야 할 것 같거나 어디선가 들어본 유명한 소설들을 찾아 읽었던 것 같다. 내 기억으로는 분명 그런데 이번에 다시 읽으니 아예 처음 읽은 것 같아서 정말 내가 그때 읽은 것이 맞을까 어떻게 이렇게 새삼스러울 수가 있지 생각했다. 하지만 시간은 꽤 흐른 게 맞고 나는 무척 재밌었던 것 같다는 기억 외에는 도무지 떠오르는 것이 없으니 이번에 처음 읽은 것이라 해도 되지 않을까.

이 소설은 요조라는 남자가 자신의 삶을 고백하는 이야기인데 아마 아직 『인간 실격』을 읽지 않은 사람이라도 여러 여자와 동반 자살을 시도하고 자신은 살아난 다자이 오사무의 삶이나 그 삶을 옮긴 것처럼 의심 없이 받아들이게 되는 이 소설에 관해 들어본 적은 있을 것이다. 게다가 소설의 첫 구절이라 곧잘 착각하게 되는 부끄럼 많은 생을 살아왔다는 유명한 고백은 왠지 읽지 않았어도 이 소설을 읽은 것처럼 느끼게 만들기도 한다. 다른 이야기이지만 첫 구절은 아무튼 중요하구나 하는 생각이 새삼 들었고 그런 면에서 다자이 오사무는 이 한 줄을 쓰고 꽤 만족스럽지 않았을까 싶기도 하고.

아무튼 이번에 이 소설을 읽고 놀랐던 것은 그게 소설의 첫 구절이 아니라는 것이었다. 이 소설은 주인공 요조의 목소리가 아니라 뒤에 소설가로 밝혀지는 어떤 남자가 '요조의 사진=얼굴'을 묘사하는 것으로 시작한다. 그리고 이 소설의 마무리도 이 소설가가 어떻게 요조의 사진과 일기를 손에 넣게 되었는지를 밝히며 끝이 난다. 나는 이런 제3자의 시선으로 해당 인물이나 사건을 부연하는 방식이 1인칭으로 자신의 이야기를 직접적으로 들려주는 방식을 잘 다루는 사람에게는 조금 어울리지 않고 어색한 장식 같다고 생각한다. 다자이 오사무가 직접적으로 들려주는 방식을 잘 다룬다고 할 수 있을지는 모르겠지만 읽으면서 이 같은 제3자의 눈이 굳이 필요한 걸까 하는 생각이 들기는 했다. 이 소설은 요조의 고백이 다이고 그것으로 충분히 강렬한데 말이다. 독자로서도 요조의 목소리가 시작되면서 소설에 본격적으로 몰입하게 되는데 왜 그 전에 제3자의 시선이 필요한 것일까. 혹은 쓰는 사람으로 다자이 오사무는 왜 이런 장치가 필요했을까. 전에 붙은 세 장의 사진(후에 요조로 밝혀지는)에 대한 묘사는 어떤 면에서는 냉정하고

가혹하지만 동시에 그저 한 개인일 요조를 과장하여 강렬하게
평가하고 있다.

'주름투성이 아가'라 부르고 싶어질 정도로, 참으로 기괴한,
그리고 기묘하게 추한, 이상하게 사람을 뒤숭숭하게 만드는
그런 표정의 사진이었다. 나는 이때까지 이렇게 불가해한
표정의 어린아이를 본 일이 단 한 번도 없었다. (10쪽)

역시 이 미모의 학생에게도 어느 구석인가 괴팍하기 짝이
없는 기분 나쁜 것이 느껴지긴 한다. (11쪽)

세 장의 사진 모두 불가사의하다는 말로 맺는 이 묘사는
기분 나쁘고 기괴한 인상을 전달하고 있지만 동시에 굉장한
미남이자 강렬하여 잊기 힘든 얼굴에 대해 세세하게 설명하고
있다. 이 지점에서는 이 묘사를 누가 하는 것인지 알 수 없지만
묘사의 대상을 냉정하게 바라보는 듯하면서 사실은 과장하고
있다는 면에서 이 냉정함은 과장과 강렬함이 실은 타당한
것이라는 사실을 넌지시 전해주고 있다. 나는 남자 소설가가
은근하게 건네는 이 타당함이 다자이 오사무가 최소한이지만
손에 쥐고 싶어 하는 안전장치일까 싶어졌다. 요조라는

인물의 격렬한 토로는 그리하여 형식적이더라도 소설가라는
제3자의 타당함이라는 접시에 담겨서 독자에게 전해진다.
이렇게 소설가가 요조의 시작과 끝을 마무리하고 있지만
정확히 말하면 요조의 마지막을 정리하는 것은 교바시의
스탠드바 마담의 목소리이다. 요조의 고백 속에도 등장하는
이 마담은 요조의 정부였으며 요조를 돌봐주는 누나 같기도
한 인물이다. 소설 내내 요조의 문제를 해결해주면서도,
해결해준다는 느낌 없이 그냥 나는 이걸 무리 없이 하고 있지
하는 느낌으로 가뿐하게 해내버리는 인물이다.

　　"그 사람 아버지가 나쁜 거예요."
　　마담은 무심하게 말했다.
　　"우리들이 알고 있는 그이는 아주아주 얌전하고, 세상 사는
　　눈치도 있고, 단지, 술만 그렇게 퍼마시지 않았다면, 아니,
　　마시더라도…… 하느님처럼 좋은 사람이었어요." (161쪽)

　　다자이 오사무는 요조라는 인물을 제3자인 소설가의
시선을 통해 어쨌거나 강렬한 인물로 제시하고 있다면
교바시의 바 마담을 통해서는 그럼에도 약하고 어찌할 수
없는 사람이었다고 말하고 있다. 실은 나도 실제로 요조를

만난다면 이 사람은 결정적인 면에서 무책임하게 굴겠지만 사실은 이야기하면 즐겁고 사람들을 편하게 하는 사람이라고 생각하게 될 것이라는 예감이 들었다. 그러니 소설 속 사람들 모두 요조 이리로 와 같이 있어 하지 않았을까? 아무튼 교바시 바 마담의 마지막 마무리를 읽다 보면 여전히 이 여자의 무릎에 요조가 머리를 뉘고 있다는 느낌이 든다. 혹은 작가는 여전히 여자의 무릎 위에 머리를 기대고 싶어 하고 마지막을 그런 식으로 맺고 싶어 한다는 느낌을 받게 된다. 이것을 응석이라면 응석이라고 볼 수 있겠지만 여기에는 이런 마무리가 필요하다는 강한 의지가 동시에 느껴지기도 한다.

　　요조의 고백은 강렬하고 그가 토해내는 한마디 한마디는 꽤 빽빽해서 귀 기울여 듣지 않을 수 없게 한다. 단순히 무책임한 사람이군 하고 휙 뒤돌아가기 어려운, 왠지 좀 더 이야기하고 싶고 이 사람 재미있네 싶어지기도 하고 결국엔 이 어찌할 수 없다는 토로를 어떻게 다뤄야 할까 생각하게 한다. 다자이 오사무가 사용한 제3자의 시선은 어떤 면에서 요조의 목소리를 휙 던지지 않기 위한 방책 중 하나라는 생각이 드는데 그런 생각을 하다 보면 어 잠깐만 하고 요조를 무릎에 두고 있는 어떤 여자를 떠올려보게 되는데. 이 사람도 사실은 만만치가 않은 사람일 것이고 요조는 여자가 자신에게 늘 기꺼이 자리를 허용한다고 느낄지 모르겠지만 (아니 사실 다자이 오사무는 요조를 그렇게 그리지는 않았다) 여자들은 동시에 자신의 무릎 위에 놓인 얼굴을 웃으며 죽이고 싶어 할지도 혹은 다른 쪽 무릎에 다른 얼굴을 뉘이고 있을지도 혹은 남자의 생각과는 달리 그 누구도 무릎 위에 두고 있지 않을지도 모르겠다는 생각을 했다. 내가 생각하는 것은 이런 건데 무릎 위에 놓인 얼굴을 보다가 이건 이것대로 재미있군 생각하는 여자, 혹은 아주 슬퍼하는 여자, 문득 애가 타는 여자, 저녁에 뭘 먹지 생각하는 여자와 어느 순간 아 지루해, 하고 일어나 거리를 걷는 뒷모습들. 그런 뒷모습들이 고개를 돌리면 어떤 얼굴을 하고 있을까 그건 쉽게 뭐라고 대답이 나오지 않는 질문인 것 같다.

*

이 글을 쓰고 얼마 지나 다자이 오사무가 좋아했던 미타카 과선교에 가보게 되었다. 이 다리는 1929년 세워졌는데, 늘어난 중앙선 승객에 맞춰 증가한 차량 보관을 위해 당시 철도성이 차고를 만들었고, 그 차고에 가로막힌 이용자들의 왕래를 위해 세워진 과선교라고 한다. 다리 완성

후 10여 년이 지나 다자이 오사무가 미타카에 이사를 왔고 다자이 오사무는 다리 위에서 경치를 보거나 집을 찾아온 친구를 다리로 데리러 오거나 했다고 한다. 이후 두세 번 들러본 이 다리는 밤에 본 풍경과 해 질 녘 풍경이 다른 느낌으로 좋았고 오래된 다리였지만 주민들은 자주 오가는 듯했다. 이후로도 계단에 앉아 대화를 나누는 여학생들과 아이와 함께 지나가던 부부의 모습이 종종 떠올랐다. 100여 년간 여러 사람들의 사랑을 받아왔던 다리는 유지 보수에 드는 비용을 시에서 부담하기 어려워 2023년 12월 철거가 결정되었다.

함께 읽은 책

다자이 오사무, 『인간 실격』, 이호철 옮김, 열림원, 2023.
최인훈, 『회색인』, 문학과지성사, 2008.
―, 『광장/구운몽』, 문학과지성사, 2014.

사와자키와

살기

얼마 전 하라 료의 최근작『지금부터의 내일』을 읽었다.
읽고 나자 어떤 식으로든 하라 료에 관해 써두어야겠다는
생각이 들었다. 하라 료는 이전부터 좋아하는 작가였고
여러 번 반복해서 읽어왔지만 읽고 나서 그의 소설에 관해
쓰고 싶다는 생각이 들었던 적은 없었는데 이번에는 왜인가
그러고 싶어졌다. 그것은 아마 그의 소설 속 등장인물이자
주인공인 '사와자키'라는 탐정에 관해, 또한 그와 함께 이
세상을 살아간다는 감각에 관해 느낀 선명한 감정을 잊기
전에 써두고 싶었기 때문일 것이다. 하라 료를 처음 읽은 것은
도서관 대출 기록을 검색해보니 2016년이다. 어떤 작가인지
알았던 것도 아니었고 도서관 서가를 지나다 그럭저럭
재미있지 않을까 생각하며 빌렸던 것이 기억난다. 처음
읽은 것은『안녕, 긴 잠이여』인데 제목부터 레이먼드 챈들러
느낌을 풍겼고 실제로 읽었을 때도 너무 챈들러를 따라
하는군 생각했다. 그러면서도 재미가 있었고 작가가 스타일을
만드는 방식이 조금 폼을 잡는 것 같으면서도 우아하다고
생각했다. 그다음에 읽은 것은 그의 데뷔작인『그리고 밤은
되살아난다』로 챈들러 같다는 생각은 여전했지만 그럼에도
매력적이라고 느꼈다. 사실 최근『그리고 밤은 되살아난다』를
오랜만에 다시 읽었는데 (오랜만이라고는 해도 2016년 이후

매해 하라 료를 반복해서 읽고 있으니 1년은 넘기지 않았을 것이다) 데뷔작을 이렇게 쓴다는 것은 여러모로 굉장하다는 생각을 새삼스럽게 했다. 이번에 처음으로 도서관 대출 기록을 검색해보고 약간 놀랐는데 1년 반 사이에 『안녕, 긴 잠이여』를 네 번이나 대출해서 읽고 있었기 때문이다. 이 정도면 그냥 살 것 같은데 어려운 책들이나 읽기 부담스러운 책을 빌리며 하라 료의 소설들을 별생각 없이 습관처럼 함께 빌렸던 것 같다. 아무튼 그런 식으로 2016년 처음 하라 료를 읽게 됐고 그의 다른 소설들을 차례대로 읽어왔다. 그러는 사이 너무 챈들러풍 아닌가 하는 생각은 사라졌고 하라 료 쪽을 점점 더 좋아하게 되었다. 나아가 이런 생각을 하게 되었는데 자신이 좋아하는 것, 영향을 받은 것을 적극적으로 드러내는 작가들을 나는 줄곧 좋아해왔고 하라 료는 정확히 그런 작가라는 것이다. 하라 료를 좋아할 여러 이유 중 하나로 그것을 이야기해도 될 것 같다. 챈들러 이야기를 또 하는 것은 뭐하지만, 아무래도 나는 다른 작가와 작품을 이야기하고 또 하며 해당 작품에 대해 말하는 방식이 좋다. 그것이 아니고서 어떻게 소설에 대해 이야기할 수 있을지 알 수 없고 별로 알고 싶지 않은 것 같기도 하다.

　아무튼 내가 챈들러 소설 속 탐정인 필립 말로에게

가지고 있는 인상 중 하나는 사위와 친한 사람이라는 것이다. 이것은 그의 작품을 꼼꼼히 읽고 정리한 결론은 아니고 그의 대표작인『빅 슬립』과『기나긴 이별』이 내 머릿속에서 어딘가 사위를 도와주는 이야기로 남아 있기 때문이다. 물론 그렇게 정리해버리기에는 여러 매력을 가진 소설이고 이것을 그런 식으로 정리해버려도 되는 건가 그건 아니지 않은가 싶지만 탐정소설에서 탐정이 대체 누구를 구하느냐 혹은 실제로 어떻게 사건을 해결하는가 하는 것과 관계없이 누구를 구하는 것처럼 기억되는가 하는 문제는 생각보다 중요할지 모르겠다. 하라 료의 사와자키만큼이나 나는 기리노 나쓰오의 탐정 시리즈 속 미로를 좋아하는데 미로는 누구를 구하는가? 라고 묻는다면 누구도 구하지 않고 언제나 홀로 된 자신이 거리로 향한다는 인상이고 로런스 블록 소설 속 메튜 스커더도 그와 비슷하게 누구를 돕는다는 이미지로 남지는 않고, 오히려 아 그는 또다시 술을 마시게 되겠지 그리고 괴로워하며 교회 안 촛불 아래 번 돈을 얼마간 두고 오겠지 라는 생각만 들 뿐이다. 반면 하라 료의 데뷔작인『그리고 밤은 되살아난다』는 그야말로 정확히 사위인 사에키 나오키를 구하는 이야기라 할 수 있는데, 이것이 사위가 아니라 아들 혹은 남편이 될 수 없는 것은 챈들러 소설 속 남자들처럼 사에키도 재벌의 딸과 결혼하게 된 젊은 남성이기 때문이다. 소설 속 사위라는 정체성은 일시적인 것으로 느껴지는데, 조금 더 나이가 들거나 아이가 생겨 딸과 딸의 집안에 익숙해질 경우 그 정체성이 옅어지고 그는 그 집안사람이 될 것이라고 직관적으로 느껴지기 때문이다. 그렇게 사와자키는 아무 문제 없이 재벌가의 사위로 살아갈 수 있는 행운을 내던지려는 르포라이터 사에키 나오키의 행방을 쫓는다. 하지만 소설 속에서 그가 사에키에게 각별한 애정을 느끼거나 의뢰 이상의 것을 해내어 그를 돕는 것은 아니다. 단지 어느 정도의 관심만 가지고 있음을 이런 식으로 밝힌다.

> 하지만 이런 말씀은 드릴 수 있겠습니다. 아내의 애정을 받아들이고 얌전히 있으면 언젠가 도신의 재산 절반을 자유롭게 쓸 수 있을지도 모르는데 위자료 오천만 엔에 몸을 빼려 하는 서른 살 청년에게 선악을 운운하기 이전에 일종의 흥미를 느낍니다. (212쪽)

사와자키가 사에키에게 특별한 애정이나 관심을 가지는 것은 아니지만, 그가 사건의 해결에 책임을 다하지 않은 적은 없었고 사와자키는 가장 필요한 방식으로 사에키를 돕는다.

『그리고 밤은 되살아난다』의 사에키처럼 하라 료의 소설에는 어딘가 다른 국면으로 나아가고자 하는 젊은이들이 자주 등장한다. 사와자키는 그들에게 조언을 하지 않고 함부로 도우려 하지 않고 간섭하지 않는다. 그가 하고자 하는 것은 어디까지나 탐정으로서의 책임이다. 그러고 보니 출처는 가물가물한데 사람들이 탐정이라는 직업에 매력을 느끼는 것은 그가 중간 지대에 있는 사람이기 때문이라는 글을 읽은 적이 있다. 위험한 냄새를 풍기는 어두운 뒷골목을 오가지만 범죄자는 아니며 문제를 해결하고 때로는 의뢰인을 돕지만 경찰은 아니다. 그리고 언제나 경찰이나 범죄자들이 할 수 없는 것을 한다. 그래서인지 사와자키뿐만이 아니라 모든 탐정소설 속 탐정들은 늘 '그것은 자신의 소관이 아니'라는 식의 직업관을 강조하는 것 같기도 하다. 어쩌면 탐정이라는 직업에서 비롯되는 것이겠지만 사와자키는 필요한 도움을 주되 거리를 두고 한 걸음 뒤에서 젊은이들을 바라본다. 이는 달리 말하면 탐정이 하는 일인 동시에, 바로 '어른'이 하는 일이라 할 수 있다.

사와자키의 그런 모습이 잘 드러나는 또 한 편의 소설이 바로 『안녕, 긴 잠이여』이다. 『안녕, 긴 잠이여』는 처음 읽은 하라 료의 소설인 동시에 가장 좋아하는 하라

료의 소설이기도 하다. 이 소설에서 사와자키에게 사건을
의뢰하는 우오즈미 아키라 역시 새로운 국면으로 나아가고자
과거의 사건을 의뢰하는 젊은이이다. 그가 의뢰하는 것은
10여 년 전 자살한 누나와 관련된 것으로, 사와자키는 크고
작은 여러 사건을 거쳐 탐정으로서의 책임을 다해 사건의
진실을 밝혀낸다. 그런데 진상이 밝혀지는 것으로 우오즈미의
막막했던 상황이 바뀌거나 그의 형편이 나아지는 것은
아니다. 오히려 그 반대가 될지도 모를 가능성마저 없지
않다. 모든 것을 알게 된 우오즈미의 마지막 모습에서, 아무런
설명도 암시도 없지만 독자들은 어쩐지 이 청년의 가볍고
씩씩한 발걸음을 그리게 된다.

　"작별 선물이야."
　내가 있는 힘껏 던진 공을 우오즈미 아키라는 눈 하나
깜짝하지 않고 맨손으로 잡았다. 그는 미소 지으며 공을
주머니에 넣고 살짝 고개를 숙였다.
　책상 위에 놓아둔 담뱃갑에서 담배를 한 개비 뽑아 물고
복도를 지나 계단을 내려가는 우오즈미의 발소리를 듣고
있었다. 이윽고 소리가 더는 들리지 않게 되자 담배에
불을 붙였다. 담배 연기는 환기를 위해 열어둔 창으로

들어온 바람에 실려 문에서 복도 쪽으로 흘러갔다. 사라진
우오즈미 아키라를 뒤쫓는 듯했다. (559쪽)

　　탐정 사무소의 문을 열고 들어오는 여러 짐을 진
젊은이들과 사건 해결을 위해 시간을 보내고, 사건이
해결된 뒤에는 그들이 문을 닫고 나가는 모습을 사와자키는
지켜본다. 악수를 하지 않고 어깨를 두드리지 않는다. 그러나
문을 닫고 나가는 모습을 지켜본다. 거기까지가 탐정인
자신이 할 일인 것처럼 말이다. 최근에 읽은 『지금부터의
내일』 전까지는, 사와자키에게서 탐정으로서의 책임이
두드러졌다면 이 소설에서 그는 탐정인 '어른'이 하는 일이
무엇인지 고민하고 있다. 즉 하라 료는 탐정이라는 직무를
통해 어른으로서의 역할을 고민하고 있으며 그것을 이전보다
좀 더 적극적으로 드러내고 있다. 그러한 변화는 소설 속
젊은이인 가이즈에게 한 걸음 더 다가서고 조언하는 모습에서
드러나기도 하지만 동시에 가이즈의 도움을 받아들이기도
하는 모습에서 느껴지기도 한다. 이는 달리 말하면 자신을
이해하고 스스로를 정확하게 판단하기에 가능한 변화이리라
생각한다. 쉰이 넘었고 여전히 휴대폰이 없고 어떻게
사용하는지 모르지만 젊은이에게 물을 수 있고 그에게

약간의 곁을 내어줄 수 있다. 하라 료의 소설을 따라 읽어온 독자들에게는 그 변화가 흥미로우면서도 두 손 들고 환영하고 싶은 것만은 아닐 것이다. 사와자키는 언제나 폐차 직전의 블루버드를 몰았으면 하고 언제 쓰러져도 이상할 것 같지 않은 허름한 건물에 있어야 할 것 같다. 그렇게 설정된 세계 자체가 매혹적이며, 언제라도 돌아가고 싶어지는 하라 료의 세계인 것이다. 하지만 하라 료는 탐정인 사와자키를 여러 편의 소설을 거쳐 나이를 먹는 한 명의 인간으로 그려왔고 그에게 그림자를 드리우는 와타나베라는 인물의 신상에도 변화를 주었다. 늘 등장하는 니시고리도 하시즈메도 심지어 전화 서비스의 오퍼레이터조차 시간의 흐름에 나이를 먹고 변화한다는 평범하지만 절대적인 조건을 받아들이는 소설 속 인물로 그려왔다. 그래서인지 『지금부터의 내일』을 읽으면서는 시간의 흐름을 받아들인다는 평범한 담대함에서 하라 료가 그리는 어른의 역할이 시작하는 것일지도 모르겠다는 생각도 들었다. 그럼에도 『지금부터의 내일』의 변화는 이전 소설들의 변화에 비해 좀 더 분명한 느낌이다. 어디서 이 변화는 시작된 것일까? 이런 결론을 내리는 것은 너무 쉬울지 모르겠으나 나는 이 변화가 소설의 마지막에 암시되는 3·11 후쿠시마 대지진과 그 이후의 일본을 살아가는

일에 답하고자 하는 하라 료의 시도라고 느낀다. 그 시도를
나는 독자로서 제대로 받아내고 싶고 다시 또 여러 번
받아내고 또 받아내고 싶다. 그리고 그것을 나뿐만이 아니라
다른 이들도 함께 느꼈으면 좋겠다.

누군가에게 하라 료의 소설 중 한 권만 추천해야 한다면,
내가 가장 좋아하는 것은 『안녕, 긴 잠이여』지만 추천은
역시 『천사들의 탐정』을 하게 될 것 같다. 『천사들의 탐정』은
사와자키가 어린이·청소년과 관련된 문제를 해결하는
이야기를 모은 단편집이다. 그래서인지 탐정이라는 거리는
지키되 아주 조금 더 다정하다. 탐정이 어린이·청소년과
관련된 문제를 해결하는 이야기를 묶은 책이 있다는 것이
기쁘고 게다가 그 이야기들이 무척 흥미진진하다는 것이 더
굉장하다고 생각하기 때문에 이 책을 꼭 추천하고 싶다.

추가로 더 이야기하고 싶은 것은 좋아하는 장면 두
가지이다. 소설 속 사와자키는 늘 약간 무게를 잡으며 멋있는
대사를 하고 돈에 흔들리지 않으며 여자의 유혹을 거절한다.
그러나 평범한 인간들이 타인을 대할 때 저지르는 실수를 안
하는 것은 아니다. 타인에게 거짓된 행동을 하고 느끼게 되는
부끄러움은 종종 뼈아프게 다가오는데 늘 관계에 정도가
있어 보이는 사와자키에게도 그런 순간이 있으며 그래서 더

인상적으로 느껴지는 것 같다.

> 다사카 이오리의 근심스러운 표정이 밝아지는 모습을
> 보았을 때 나 자신이 부끄러웠다. 좀 전에 다사카 이오리를
> '친구'라고 했을 때 거짓말하고 있다고 의식했기 때문이다.
> 우리는 누군가를 등지는 짓을 했을 때 비로소 상대가
> 친구가 될 수 있었을 거라는 사실을 깨닫는다. 하지만 그걸
> 깨달았을 때는 이미 자격을 잃은 상태다.
> ─『어리석은 자는 죽어야 한다』, 86쪽.

두 번째로 좋아하는 장면은 소설 속 장면이 아니라
데뷔하기 전의 하라 료를 떠올려보는 것이다. 사가현
도스시에서 태어난 사와자키는 규슈에서 대학을 다니다 졸업
후 도쿄로 상경하여 재즈 피아니스트로 활동한다. 이후 도쿄
생활을 정리하고 고향으로 돌아와 소설에 매진하였다고 작가
소개에 나와 있다. 그가 쓰는 소설의 배경은 도쿄 신주쿠지만
그는 도쿄가 아닌 고향에서 소설을 쓴다. 그렇다면 고향으로
돌아오기 전 그는 신주쿠를 지날 때마다 경찰서, 낡은
건물과 병원, 골목과 골목들을 지날 때 마음 한구석에서 저기
어딘가에 사와자키라는 탐정이 있을 것이라 상상했을까.

그렇게 구체적이지는 않더라도 나는 왠지 그가 무언가를 마음속에서 그리며 도쿄의 거리를 걸었을 것이라 상상하게 된다. 그런 상상을 하다 보면 다시 또 하라 료의 소설을 반복해서 읽게 되고 언제가 될지 모를 그의 다음 소설을 기다리게 된다.˙ 나는 그렇게 사와자키와 살아가고 있고 그 삶이 기대가 된다.

˙ 이 글은 2021년에 쓰였고, 2023년 하라 료가 타계하여, 더 이상 그의 다음 소설을 볼 수 없게 되었다. 하라 료가 떠난 후에 쓴 글은 "사와자키와 살아가기"라는 제목으로 이 책에 수록되었다.

함께 읽은 책

레이먼드 챈들러, 『빅 슬립』, 박현주 옮김, 북하우스, 2004.
　　―, 『기나긴 이별』, 박현주 옮김, 북하우스, 2005.
하라 료, 『안녕, 긴 잠이여』, 권일영 옮김, 비채, 2013.
　　―, 『천사들의 탐정』, 권일영 옮김, 비채, 2016.
　　―, 『그리고 밤은 되살아난다』, 권일영 옮김, 비채, 2018.
　―, 『어리석은 자는 죽어야 한다』, 권일영 옮김, 비채, 2018.

먹으면서 말함

_____

입에서 뭔가 튀어나옴

_____

7월 말 영상자료원에서 장피에르 멜빌의 영화 〈암흑가의
세 사람〉을 보았다. 정말…… 재밌다…… 라고 생각하며
봤는데 다 보고 나니 등장인물들의 옷이 제일 기억에 남았다.
그즈음 내가 생각하고 있던 것은 소설에서 먹는 것과 입는
것을 작가들이 어떻게 다루는가 하는 것이었는데 아주
진지하게 그 문제에 몰두했던 것은 아니고 어떤 작가들은
입는 것을 잘 묘사하고 어떤 작가들은 먹는 것을 잘 묘사한다.
묘사의 문제라기보다 입는 것을 무심하게 지나가지 않고 먹는
것을 쉽게 지나치지 않는다 라고 해야 할까. 모든 작가가 둘
중 하나로 나뉘는 것은 당연히 아니고 어느 한쪽으로 보여도
패턴은 제각각이다. 잘 먹이는 작가라 해도 등장인물을 다 잘
먹이는 것은 당연히 아니다. 화자는 잘 안 먹는데 관찰하는
대상만 잘 먹이기도 하고 입는 묘사를 잘하는 작가 중에서도
특정 대상만 꼼꼼하게 묘사하는 경우도 있다. 그런 생각을
하던 시기 본 영화가 우연히 〈암흑가의 세 사람〉이었고 그런
생각으로 영화를 보니 이 사람들은 음식이라고는 카푸치노
한두 잔 마시는 게 다일 뿐이고 그런 건 관심도 없고 옷이
중요하고 일단 옷은 정말 근사하게 입는 사람들이었다.
사건 도중 클로즈업으로 잡힌 카르티에 시계에는 눈이 갈
수밖에 없었는데 이 시계가 나오는 장면은 영화 속 패션을

다룰 때 꼭 언급되는 중요한 장면 아니었을까. 인상적인
장면이었다. 시계가 나오는 장면을 볼 때 시간이 왠지 천천히
흐르는 것 같았다는 감상이 웃기긴 한데 그 순간 1초가 3초
정도로 느껴졌다고 해야 할까. 그 외에도 트렌치코트와 그에
어울리는 큰 사이즈의 가방들과 잘 재단된 팬츠 같은 것을
보는 것이 즐거웠다.

소설에서 먹는 것과 입는 것을 다루는 문제에 대해
생각했던 것은 하라 료 소설을 차례대로 읽기 시작한 것이
계기였다. 어느 순간 아 이 사람은 다른 사람들 옷은 굉장히
꼼꼼히 살피고 있는데 자기가 입고 있는 옷은 말하지 않는군.
직업이 탐정이기에 다른 사람들 차림은 당연히 꼼꼼히
관찰할 테지만 자신이 입고 있는 옷은 굳이 의식할 만한 것이,
말하거나 생각할 만한 것이 못 된다고 생각했을 수도 있겠지.
자기가 먹는 것은 짧게라도 말하고 지나가는데 왜냐면 정말
별걸 안 먹기 때문에. 미행을 하거나 조사를 위해 사람을
만나러 가서 커피를 마시거나 토스트를 먹거나 맛없어
보이는 파스타를 먹는다. 그러면서 정신없는 맛이다 같은
식의 건조하고 짧은 코멘트를 남기고 다시 커피를 마시는
식이다. 하라 료의 소설에서 뭔가 맛있다고 했던 건『그리고
밤은 되살아난다』에서 사라시나 가문에서 마시는 커피

정도가 다인 것 같다. 일부러 찾아보지 않았으니 더 있을지도 모르겠지만 나쁘지 않았던 맛의 커피가 몇 번, 나머지는 가볍게 때우는 식사들과 그 사이를 채우는 필터 없는 피스 담배 연기뿐인 것 같다. 그런 생각 그러니까 하라 료 소설 속 사와자키가 먹는 것 먹기 위해 거리를 걷다 멈춰 서 문을 여는 것 그런 것을 가끔씩 떠올리며 이런저런 것들을 읽고 보고 들으며 여름을 나고 가을을 보냈다.

먹는 것 먹는 사람이 입는 것 그 사람이 보는 것 그런 것을 종종 생각하며 소설을 읽다 말고 뭘 만들어서 먹고 마시고 커피를 내렸다. 그러다 보면 소설을 읽을 때마다 종종 이 사람들은 뭘 먹는 거지 뭘 먹으며 하루를 보낼까 라는 생각이 들고는 했는데 그런 생각을 할 수밖에 없는 소설들도 있었지만 당연히 그런 생각이 별 도움이 안 되는 소설들도 있었다.

1

이주란, 『수면 아래』

(문학동네, 2022)

나도 등장인물을 먹인다면 꽤 잘 먹이는 편인데 (이걸 쓰면서 내가 여기에 이상한 자부심을 가지고 있었음을 깨달음) 이주란은 이 방면에서 어떻게 덤빌 수 없는 사람이라는 것을 알게 되었다. 그건 순순히 인정할 수밖에 없다. 이 소설에서는 사람이 나오면, 사람과 사람이 만나면 일단 먹기부터 한다. 그게 너무 자연스러워서, 아니 사실 자연스러운 일이기는 하다. 사람이 만나면 우선 먹어야 하지 않을까. 나도 완전 그렇게 생각하고 이주란이 등장인물을 먹이는 리듬이 자연스럽고 표준적인 것이고 다른 소설에서 등장인물을 너무 안 보이는 데서 먹이는 것 아닌가 지금은 그렇게 생각하게 되었다. 그중에서도 인상적이었던 장면 둘. 등장인물인 장미와 해인이 중국집에 가서 탕수육에 짜장면 고량주를 먹는데 우연히 지나가던 해인의 동창 성규가 합류하고 이후 셋이서 어딜 가는가 하면 닭갈비집에 가서 닭갈비를 먹는다. 음 그럴 수 있지. 그 이후 다른 장면에서였나. 저녁을 함께 먹기로 한 장미와 해인이는 치킨집에 간다. 치킨을 먹으러 가는 길에 각자 어묵을 세 개씩 먹고 아무렇지 않게 계획대로 치킨도 먹는다.

우리는 어묵을 세 개씩 먹고 십오 분쯤 걸어 학창 시절에 자주 가던 치킨집에 갔다. 그 건물 지하에 목욕탕이 있어 목욕을 마치고 종종 치킨을 먹곤 했다고 장미씨가 말했다.

(…)

어묵을 많이 먹어서인지 둘이서 한 마리를 채 먹지 못하고 남은 것을 포장했다. (169~170쪽)

다시 읽어보니 남아서 포장하기는 하였다. 그래도 이 소설 속에는 밥을 남기는 사람도 식욕이 없는 사람도 조금 먹는 사람도 없다. 등장인물이 모두 자주 많이 먹어서 그게 진짜 웃기고 좋은 것이다. 이 사람들 진짜 잘 먹는다……. 왠지 응원하게 된다.

『수면 아래』에서 먹는 장면만큼이나 자주 등장하는 것은 새로운 이름이라고 할 수 있을 것 같다. 단락이 바뀔 때마다 새로운 이름들이 등장하고 그들은 해인의 주변 인물이고 그들은 아무 사건도 불러일으키지 않고 나는 그 이름들과 커피를 마시고 떡볶이를 먹으며 천천히 친해진다. 그렇게 스미듯 다가오는 이름들이 좋았고 이런 방식으로 사람들과 친해지는 것이 좋았다. 주는 대로 잘 먹고 가리지 않고 과장하지 않고 새침하지도 않고 양팔을 앞으로 뻗는다 치면 그만큼을 천천히 더듬어 파악하며 가꾸는 사람들이 좋았다. 허튼소리 안 할 것 같은 사람들이 좋았다.

　　책을 읽다 보면 어떤 작가가 한 것보다 하지 않은 것, 잘할 것이 분명하지만 더 하지 않은 것, 선택하지 않은 방향에 대해 생각하게 될 때가 있다. 이건 이희주의 『사랑의 세계』 리뷰에서 쓴 말인데, 이주란의 소설을 읽으면서 또 이번 계절 다른 소설을 읽으면서 이 지점에 대해 계속 생각했다. 결국 어떤 문제를 다루는 작가의 선택에 관한 문제랄 수 있겠는데, 이주란이 해인과 우경의 상실을 다루는 방식을 생각하게 된다. 해인과 우경이 아이를 잃은 정황이나 이후 한국에 돌아오게 된 과정, 그 이전에 베트남에서의 생활은 구체적으로 드러나지 않는다. 드러나지 않음…… 이라고 해야 할까, 그보다는 쓰는 사람인 이주란이 그것을 잘 모르는 남들인 독자들에게 소설이라는 드러나는 방식으로 해인과 우경에 대해 더 말해줄 수는 없다고 생각하는 게 아닐까. 그러니까 해인과 우경의 옆에 서 있는 또 다른 이름인 이주란이 수많은 다른 사람인 독자들에게 나는 이 친구들의 이야기는 이런 식으로 더 해줄 수는 없다고 선택한 듯한 느낌이었다. 그 느낌은 기본적으로는 착각이겠지만 그에

대해 생각하면 소설이라는 것이 생각보다 굉장히 직접적이고
생생한 '이야기하기'처럼 느껴진다. 우리가 함께 걷다가 날씨
이야기를 하고 어딘가 앉아 가방에 든 물을 나눠 마시고
어젯밤 걸려온 전화에 대해 이야기하다가 물병을 다시
가방에 넣을 때 지나가듯 뭔가를 말하고 좀 더 앉아 있다
일어난다. 이런 방식의 이야기하기. 누군가는 이런 방식을
택하고 누군가는 물병을 넣는 손을 잡아채고는 너 똑바로
말해봐 그게 무슨 말이야 라고 이야기한다. 소설은 작가가
구성하고 쓰고 다듬고 쌓는 어떤 것이겠지만 그러한 과정을
생각하지 않고 무척 단순하게 내가 너에게 네가 나에게 누가
누구에게 무엇을 어떻게 이야기하기 (혹은 이야기하기를
관두기 포기하기) 라고 생각할 수도 있겠다. 그런 생각을
하면 그 방식이 굉장히 직접적이고 생생하게 느껴지고 뭔가
소설이라는 것이 원래도 그랬지만 역시 재미있다! 생각하게
된다. 그래서 소설이 말하지 않은 해인의 그리고 다른 이들의
지난 이야기들은 이게 여기서 이렇게 들을 이야기가 아닌
것일지도 모르겠다고 생각하게 되었다. 나는 그걸 뭐라고
판단하거나 과장하고 싶지는 않고 그걸 그대로 아 이 사람은
이런 선택을 하는군으로 받아들이고 싶다. 그리고 앞으로
이주란이 어떤 선택을 하며 소설을 쓰는지 따라가보고 싶다고

생각하게 되었다.

　아무튼 이 소설에서 내가 제일 먹고 싶은 음식 세 개를
고르자면 1) 방앗잎 넣은 장어국수 2) 굉장한 곳에서 떠 온
회 3) 두 조각 먹다가 치킨집 아저씨가 급한 사정 때문에
나가라고 해서 포장한 치킨이다. 1번을 먹으러 진해에 가보고
싶어졌다.

2
백온유, 『페퍼민트』
(창비, 2022)

　백온유의 『페퍼민트』를 읽으면서도 '작가가 한 것보다
하지 않은 것, 잘할 것이 분명하지만 더 하지 않은 것'이라는
문제에 대해 여러 번 생각했다. 식물인간인 엄마와 그런
엄마를 간병하는 시안, 함께 엄마를 돌보는 아빠와의 관계와
어떻게 보면 이 모든 것의 시작이 된 해원의 가족. 백온유는
이 모든 것을 과장하지 않고⋯⋯ 과장하지 않고⋯⋯ 사실 이
다음을 어떻게 이어나가야 할지 모르겠다. 과장하지 않고
정확하게 그린다? 과장하지 않고 작위적인 구도를 만들지

않고 전형적으로 그리지 않는다? 지금 생각하니 사실 이 문단의 시작부터 조금 잘못 설정된 것 아닌가 하는 생각이 든다. 백온유가 이 소설을 시작하며 이 인물들과 인물들이 살아가는 세계를 그리기 위해 '하지 않은 것'을 중심에 두고 생각했을 것 같지 않기 때문이다.

그리고 싶은 세계가 있고 그것을 위한 방향이 있다. 그 방향은 눈앞에 뚜렷하게 보여서 바로 가기만 하면 되는 일직선 같은 것이 아니기 때문에 조용히 생각하고 가정하고 듣고 떠올리며 그것을 하고자 하였을 것 같다. 시안의 감정을 증폭시키고 해원의 생활을 극적으로 대비시켜 보여주고 해원의 엄마가 하는 말을 강조하고 과장하는 그런 방식을 백온유는 거의 생각하지 않았을 것 같고 하더라도 금세 관뒀을 것 같다. 물론 '하지 않은 것'에 대해 생각한다는 것이 실제로 작가가 소설을 쓰며 양쪽을 생각하고 재보고 고민하다 선택한다는 뜻은 아니다. 그보다는 작가가 쓴 것 자체가 여러 선택을 불러일으키고 독자는 그것을 생각하게 된다는 뜻이다. (물론 쓰기 위해 여러 선택을 생각해야겠지만.) 이 소설을 떠올리면 천천히 시안의 세계를 바라보며 그 세계에서 눈을 떼지 않는 작가의 시선을 생각하게 된다. 그럼에도 '하지 않은 것'에 대해 생각을 했던 것은 이러한 인물과 세계가 자칫하면 충분히 다른 길로 진행되어버리기 쉽다는 것을 경험적으로 알기 때문인 것 같다.

이 소설은 앞서 말한 것처럼 감염 이후 증상 악화로 식물인간이 된 엄마를 간병하는 고등학생인 시안과 시안을 둘러싼 세계를 그리고 있다. 하지만 그렇게 정리했을 때 예상되는 여러 장면과 구성들이 이 소설에서는 등장하지 않는다. 그보다 시안의 그때그때의 감정과 순간들, 선택과 마음들이 소설에는 흐르고 가득하다. 그것을 따라가다 보면 어떤 리얼함에 대해 생각하게 되는데 그건 백온유가 보여주는 감정들이 현실적이고 생생하다고 느꼈기 때문이다. 나는 10대의 생활이나 중환자실이나 간병이나 감염병에 대해 잘 모른다. 그런데 아예 모르는 것은 아니다. 다른 모든 문제처럼 말이다. 어느 정도 알지만 대체로는 잘 모르기 때문에 알고 싶다고 생각한다. 그러나 이런 주제에 대해 예를 들어 감염병에 대해 코로나에 대해 이야기하고 다루는 책·광고·뉴스·영화·드라마의 쏟아지는 언어들을 만날 때는 정작 그것이 뭔지 제대로 실감하기 어려울 때가 많았다. 현실적이라는 것은 뭘까 생생하게 그려낸다는 것은? 있는 그대로 보여준다는 건 뭘까 내가 도를 아십니까를 보는 눈을 하고 지나가게 만드는 말들이지만 정작 내가 쓸 때는 나는 이 말들을 거의 매번 새로 습득하려 애쓰고 이것과 내가 새롭게 부딪치기를 원한다. 리얼하다는 것은 나에게 그런 감각인 것 같다. 경험하기 힘들지만 늘 새롭게 얻어내려 시도하는 것. 소설 속 인물들의 감정은 현실적이었다. 소설에서 백온유가 침착하게 옮기는 현실감을 책을 읽고 나서도 종종 생각했다. 리얼함이라는 것 현실적이라는 것.

여기서는 하나를 쉽게 고를 수 있다. 『페퍼민트』에 나온 음식 중 가장 먹어보고 싶었던 것은 로제떡볶이이다. 나는 그걸 아직 먹어본 적이 없지만 뭐 로제파스타와 비슷한 맛 아닐까 대충 상상할 수는 있다. 맛있고 맛있고 그러다 좀 질리고 먹고 나면 배부른 맛? 언젠가는 먹어보게 되겠지.

3

신종원, 『습지 장례법』

(문학과지성사, 2022)

야 너 나와 라고 말한다고 모든 소설이 내 앞에 네이 하며 나오는 것은 아니지만 『습지 장례법』은 아무튼 간에 나오라고 해도 듣는 척도 안 할 것 같다고 해야 할까 나의

공간에 찾아와주거나 나란히 함께 가거나 아니면 독대를
하거나 기타 등등이 안 될 것 같은 소설이었다. 기타 등등?
손을 잡거나 산책을 하거나 함께 차를 마시거나 커피를 술을
마시거나가 안 됩니다. 안 될 거예요 아마. 그렇다고 대결을
하거나 싸울 수도 없는데 정확히 말하면 싸움을 걸 수가 없는
소설이었다. 그것은 이 소설이 어떤 소설이라서가 아니라
내가 어떤 사람인가와 더 맞닿아 있는 문제 같다. 나는 평소에
의식하지 못했는데 알고 보니 어떤 사람이었고 또 이 소설은
이 소설대로 어떤 소설이라서 우리는 싸우지 못하고 그렇다고
신종원을 곧이곧대로 읽지도 못하는 그런 재미있는 긴장이
발생했고 나는 줄곧 그런 상태로 책을 읽었다. 아무튼 이게 좀
신선하고 재미있었는데 재미를 느꼈던 지점은 내가 책을 읽을
때 어떤 독자를 빚으며 읽고 있나 하는 문제를 생각하게 했기
때문이다.

　　늪에 가문의 죽은 이를 묻는 장례법이 있다. 대대로
전해온 이 방법이 언제 끊겼는지 혹은 여전히 이어지고
있는지는 알 수 없지만 그것을 기억하고 있는 '나=목소리'는
늪과 죽은 이들 그들을 둘러싼 여러 기억과 소리들을
이야기한다. 늪이라는 장소는 작가가 무얼 더 애쓰지 않아도

그 자체로 강력한 공간인데 그런 늪에 대대로 죽은 사람을
묻는 데다가 이곳을 지키는 늪지기가 있다고 말하며 시작하는
소설의 첫 부분은 정말이지 무척 매력적이다. 뭔가 이렇게
시작하는 게임이 있어도 좋을 것 같다고 잠깐 생각했다가
근데 내가 게임을 안 하니 그건 좀 무책임한 말인 것 같고
이렇게 시작하는 만화도 재미있을 것 같다고 생각했다.
그러고 보면 의외로 신종원의 소설들은 재미있다. 혹시 뭔가
조금 접근이 어렵다 싶으면 이런 설정과 배경들을 구체적으로
떠올려보며 읽어도 좋을 것 같다고 생각한다. 소설 속 늪은
우리가 늪을 떠올렸을 때 연상되는 아주 어둡거나 끈적거리는
느낌은 아니고 푸른 새벽 안개가 떠오르는 곳이고, 검고 짙은
공간이라기보다 어느 정도 상쾌한 공기와 초록 잎들을 볼 수
있을 것 같은 곳이다. 그런 늪에서 소설은 시작한다.

　이 소설을 뭐라고 설명하면 좋을까? 책 소개를 보면
이렇게 설명되어 있다.

　죽은 자와 산 자의 구분이 흐릿한 이 환상적인 이야기가
　바로 소설 이전부터 작가를 관통해 흐르는 생의 음악적
　질서, 카논으로 이루어진 삶의 악보이자 코다를 찍고자

하는 의지를 갖게 한 소설의 기원으로서의 삶이 아닐까. 신종원의 첫 장편소설 『습지 장례법』을 조심스레 그의 소설, 그 처음에 놓아보는 이유이다.

(…)

소설은 장례의 절차에 따라 「임종」 「수시」 「안치」 「발상」 「삼우」 총 5부로 나뉘며 그중 「수시」에서 다시, 거두는 시신에 따라 「작은 몸」 「붉은 몸」 「뒤집힌 몸」 「목 잘린 몸」 네 가지로 나뉜다.

책 소개를 찾아보기를 정말 다행이라고 생각했는데 소설이 장례의 절차에 따라 구성된 것인지 눈치채지 못했기 때문이다. 아무튼 섬세한 설명이라는 생각이 들었다. 이렇게 읽을 수 있다는 것은 신종원의 소설에 몸과 마음을 맡길 수 있었다는 것인데 나는 그것이 잘되지 않았다. 그것은 앞서 말한 것처럼 소설의 문제라기보다 나의 문제인데 나는 이 소설의 어디에 앉아야 할지 아니 앉아야 할지 서야 할지조차 끝까지 정하지 못한 것이다. 내 자리가 없는 것은 아니고 없다 해도 없는 대로 잘 흘러갈 수 있는데 그러기에는 몸에서 긴장이 잘 풀리지 않았다. 그러나 그런 상태, 그런 상태에서 나라는 독자의 형태를 그때그때 의식적으로 가정하며 읽어가보았다.

　나에게 이 소설을 설명하라고 하면 아무튼 이 소설은 장자長子의 이야기라고 말할 것 같다. 장자의 이야기라고 하면 조금 부족하고, 평범한 장자라기보다 양반 가문의 장자라고 해야 정확한데 이 양반의 장자라는 것이 나를 앉지도 서지도 못하게 만들었던 것이다. 나는 너무 상놈인 것일까? 그런 생각이 자주 들었는데 그런 생각을 하다 보면 제사 때면 두루마기를 입고 갓을 쓰시는 몇 년 전 돌아가신 큰아버지가 솔뫼야 너는 무슨 말을 하고 있느냐 너희 할아버지가…… 하고 사당이 보이는 시골집 마루에 서서 호통을 치실 것 같다. 그러나 이게 대체 뭔 상관이고 내가 이런 말을 하는 것조차 스스로 당황스러운 것이고 그런 내 앞에 서 있는 것은 방금 내가 한 말을 차분히 듣다 그것을 이어받으며 그러시다면 더 자세히 큰아버지 이야기를 해보시라고 점잖게 권하는 '장자=목소리'이다.

　장자의 이야기라는 것은 무엇일까. 그것은 당연히도 [너무 양반] + [너무 남자]의 이야기이다. 두 가지 특성이 동시에 요구되기 때문에 어느 한쪽의 이야기는 될 수 없다.

가문이나 양반의 이야기가 되거나 사회·문화적인 남성성의 이야기는 될 수 없다는 뜻이다. 그렇다고 하기에는 또 그건 아닌 것 같은 묘한 균형이 요구되는 이야기가 장자의 이야기 아닐까. 이건 뭐랄까 종교에 대해 아는 것이 부족하지만 신부神父들의 이야기에 더 가깝다는 생각이 들었다. 대부분의 가톨릭 교구에서 여자는 성직자가 되고 싶어도 수녀는 가능하지만 신부는 될 수가 없는데 신부의 이야기라는 것이 있다고 할 때 이걸 완전히 종교 이야기라고도 전적으로 남자 이야기라고도 하기 어색한 지점이 있는데 나에게는 장자라는 존재가 그런 것 같다. 그렇다면 그 빈틈은 무엇일까. 어느 한쪽이라고도 할 수 없고 그렇다고 1+1을 한다고 2가 되는 것 같지도 않은. 이것과 저것을 더했을 때 그 사이로 무언가 흘러가서 균형을 맞춰야 할 것 같은 상태이다. 그 빈틈을 채우는 것 혹은 이 거듭되는 움직임을 구동하는 것은 아마도 리추얼일 것이다. 장자가 장자일 수 있는 것은 장자가 장자됨을 승인받는 것은 제사와 장례 같은 확고한 의식 덕인데 의식이 장자를 장자되게 하고 장자는 의식을 진정한 의식이 되게 한다. [장자됨—신부됨]과 [의식됨]은 서로가 서로를 끊임없이 물고 이어진다.

　　여기서 내가 제정신으로 소설을 읽기 힘든 지점이

생기는데 이 소설은 이 모든 장자의 장자됨과 자신을 한 몸처럼 완전히 붙여놓고 있다. 장자의 이야기를 떼어서 보는 것이 아니라 소설이 나서서 장자의 장자됨을 승인하고 있는 것처럼 느껴질 정도이다. 그러니까 소설 자체가 장자됨과 의식됨을 구동하고 있다고 해야 할까. 혹은 의식을 통해 장자를 만들고 있다고 해야 할까.

물론 이런 일 그러니까 독자인 내가 너무 안 양반 너무 안 남자 혹은 어쩌면 꽤 남자이고 누구보다 사내일지 모르는데 공교롭게 아무도 나의 남자됨을 몰라서 혹은 그 가정조차 무시하고 싶어서 절대 나는 장자 안 시켜줌 안 시켜주는 데다가 처음으로 돌아가 너무 안 양반이라 (여기서 안 양반이라니! 하며 내 조상님 다시 등장할 수도 있겠지만 그러기에는 제가 너무 제정신인 데다가 다소 무정한 사람 같습니다) 생기는 곤란함을 안고 소설을 읽는 일 그러니까 소설과 내가 너무 달라서 삐걱거리는 일은 책을 읽다 보면 의외로 자주 벌어지는 일이고 새삼스러워할 일은 전혀 아니다. 내가 경찰이나 탐정이라서 탐정소설을 좋아하는 것은 아니니 소설을 읽는다는 것 자체가 의식을 하든 안 하든 독자로서 나를 어떤 방식으로든 매번 새롭게 만들어나가는 일 아닐까. 단지 그것을 의식할 수 있느냐 없느냐 하는 종류의 문제인 것이다. 아무튼 소설의 목소리와 내가 너무나 다르다고 의식될 때. 그럴 때 책과 나 사이에는 어떤 일이 벌어지는가? 독자는 자신도 모르게 새로운 자신을 만들어 책을 끝까지 읽게 하거나 아니면 나는 너무 상놈인가 봐 라고 생각하며 책을 덮는다. 이 모든 일이 사실 너무 자연스럽게 생기는 일이라 의식이 안 될 뿐 책과 나 사이에 거의 매번 발생하는 일인 것이다. 아무튼 그래서 여기서 내가 선택한 방식은 이건 사실 코미디가 아닌가 블랙코미디 같은 건가 생각하며 읽는 것과 여기에 다른 이야기가 있다고 생각하면서 읽는 것이었다. 장자됨과 의식됨의 목소리를 블랙코미디로 생각하면 그 어딘가에 잠깐 앉았다 갈 수 있었다. 혹은 '역성혁명이 일어날 거야……' 생각하기도 했다. 다 듣고 일어났으면……. 대명천지에 왕후장상의 씨가 따로 있단 말인가 혁명이 필요하다 혁명이 중얼중얼거리며 읽는다. 혹은 이건 그저 착각이라고 생각하기도 한다. 집안에 흐른다는 피는 그저 상징 아닌가. 왕가의 후손이 모두 실제로 왕실 후손인지는 모를 일 아닌가. 그런 면에서 혈통은 결정적인 것이 아니다. 의식과 차례에 따라 왕자가 되고 왕이 되는 것이니까. 그렇게 생각하면 집안 대대로 이어진다는 얼굴 생김새와 병도 실은 마을 사람들에게도 똑같이 이어지는 것이라든가. 사실 집안과 관계가 없는 남들이 보기에는 할아버지와 손자가 그다지 닮지 않았다든가. 하지만 이 모든 돌아가는 방법과 가정들을 참 우스운 생각을 하는구나 하며 여유 있게 웃음을 띠며 바라보는 게 이 소설이다. 이 여유로운 웃음을 떠올리면 파스칼 키냐르 소설을 읽을 때마다 느껴지는 왠지 모르지만 뭔가 뒤집어엎고 싶은 기분과 비슷한 상태가 된다. 키냐르도 우아하게 나를 내려다보는 쪽인데 둘 다 절대 싸움이 걸리지 않는 소설이다 역시.

음. 그렇다면 이 소설에서는⋯⋯ 누가 뭘 먹었었나? 모르겠다. 아예 기억나지 않는다. 먹는 장면이 전혀 등장하지 않는 소설 →진짜 이상하다. 왠지 너무 수상해. 그러나 이 소설에서 뭘 먹었대도 그건 그것대로 좀 미심쩍은 느낌이 들기는 한다. 그래서 여기서는 먹을 것을 고를 수 없다.

이걸 쓰면서 자주 먹은 것은 역시 커피와 물 그리고 냉동 블루베리와 요거트 꿀이었습니다. 모두 맛있고 좋았다. 그럼 이제 또 먹어야지.

겨울

_____

        _____

눈을 감고 마이조 오타로여 달려나가는 힘을 갖겠다
와카마쓰 코지여 팔을 휘두르는 주먹을 갖겠다
두 분 다 줄 수 있으면 주세요 아니 제가 가져가겠습니다 라고
속으로 중얼중얼거리다 눈을 뜨고
소설을 쓰기 시작했다.

_____

        _____

달려가는

_____

_____

달려나가는

꽤 오랜만에 마이조 오타로의 『아수라 걸』을 다시 읽었다. 처음 읽은 것은 7년 전이었는데 그때에는 뭔가 좋다! 이유를 설명하자고 하면 설명할 수 있지만 그보다는 우선 뭔가 좋다!의 마음이 강했다. 그만큼 좋았다는 것도 있지만 동시에 뭔가 정신없고 뭐가 뭐지 하는 마음도 컸던 것이다. 다시 읽으니 의외로 전체가 잘 보여서 기억만큼 정신없지는 않았다. 그사이에 종종 읽어서 그런 것인가.

최근에 책을 내고 가끔 인터뷰를 하게 되는데 그럴 때마다 드는 생각이 내가 낸 책들에 어떤 표정을 지어야 할지 모르겠다는 것이다. 어떻게 해야 할지 모르겠네 라고 생각하고 있는 중에도 어떤 얼굴, 제스처는 하고 있겠지만 그게 꼭 무슨 생각을 하고 있어서는 아니다. 책을 내고 소설에 대한 질문을 받아도 어떻게든 상대에게 이 소설을 잘 소개해야겠다거나 오해로부터 이 소설을 보호해야겠다거나 혹은 어떤 좋을지도 모를 오해를 사게 하고 싶다거나 하는 의지나 기대가 나에게는 별로 없다는 생각을 하게 되고 집에 돌아가는 길에는 매번 내가 내뱉고 온 말들에 미심쩍은 표정만 짓게 된다. 이제는 멀리 간 이전에 알던 사람 같은 거리가 나와 책 사이에 있고 그렇지만 끈끈하다거나 서로를 잘 이해하고 있다는 둥의 이야기도 안 나오는, 그자는 그자의 길을 간다고 말할 수밖에 없는 것이 나와 내가 낸 책의 사이인 것이다. 확실히 글을 쓸 때는 멍한 상태로 글을 쓰는 장소만을 지나치게 그리게 되고 나는 내가 그린 곳에서 살고 있고 그건 고치는 동안에도 비슷하지만 막상 책이 나오면 아 이제 우리는 등을 돌리고 서로 다른 길로 가고 있네요,의 마음이 된다. 하지만 달리 말하면 쓰는 동안은 같은 건물에 머무르고 있고 그 건물은 어떨 때는 내가 쌓아 올린 집이어서 점점 넓어지고 구체적이고 선명해지는 방 안의 모습을 서로 의식할 수 있다. 하지만 어느 부분은 다른 사람이 지은 건물이라 그곳이 다른 사람이 지은 장소임을 깨달을 때 비로소 그 건물을 이해할 수 있게 된다.

두 번째 장편인 『백 행을 쓰고 싶다』 같은 경우는 소설을 완성한 이후 4년이 지나서야 책으로 나올 수 있게 되었다. 이제야 드는 생각이지만 나는 정말로 이 소설이 그냥 혼자서 가게 되길 우리가 멀리 있게 되기를 바랐던 것이 아닌가 싶다. 이 소설을 시작할 때 쓰려고 했던 것은 40대 남자와 또래의 남자 사이에서 갈등하는 20대 초반 여자애 이야기였다. 당시에는 마이조 오타로의 『아수라 걸』처럼 엉망진창 실수를 하는 정신없는 여자애가 결국에는 용기를 내 올바른 사랑에 손을 내밀 수 있게 되는 그런 이야기를 쓰고 싶었다. 소설 속 아이코가 괜한 호기심에 사노와 자는 것이 내 소설 속에서는 40대 남자의 왠지 모르겠지만 어른스러운 단정함에 반하는 것인데 그때 당시 나에게는 꽤 연상의 남성을 좋아하는 것, 좋아한다고 인정하는 것, 하지만 그것은 왠지 모르게 내가 진짜로 원하는 것이 아닌 것 같다는 의심 같은 것이 중요한 문제였기 때문에 그 문제들에 대해 스스로 지겨울 때까지 써보고 싶었다. 그렇게 소설의 3분의 1 정도를 어렵게 어렵게 썼을 때 왠지 이건 아니라는 생각이 들었는데 실제의 내가 아무려면 어때 그게 뭐가 중요하냐며 팔짱을 낀 채 점점 심드렁해하고 있었기 때문이다. 어느샌가 나에게 나이 든 남자를 만난다는 것이 크게 중요한 문제가 아니고 뭐가 문제라고도 할 수 없어졌던 것이다. 그러면 그 남자는 소설 밖으로 나가고 나갈 수밖에 없게 되고 나간 것인가 죽였다고는 할 수 없고 보낸 것도 아니고 결국 그렇게 되었고 『백 행을 쓰고 싶다』는 지금 출판된 등장인물로 다시 시작하게 된다. 하지만 마이조 오타로에게 힘을 빌려오고 싶은 마음은 여전했는데 생각해보면 나는 늘 좋은 것에서 힘을 빌려와야겠다는 마음을 품은 채 소설을 시작한다. 소설을 쓰는 마음 소설에 대한 의지 같은 것의 20퍼센트는 좋은 것이 있으면 있는 힘껏 가져오겠다 앞치마를 넓게

펴고 손을 뻗어 다 따겠다 배부르게 먹겠다는 그런 마음인 것 같다. 그때는 중요 등장인물 한 명을 보내버리고 새로 쓸 때여서인지 그런 마음이 더욱 강해서 소설을 쓰기 위해 컴퓨터 앞에 앉기 전에는 눈을 감고 마이조 오타로여 달려나가는 힘을 갖겠다 와카마스 코지여 팔을 휘두르는 주먹을 갖겠다 두 분 다 줄 수 있으면 주세요 아니 제가 가져가겠습니다 라고 속으로 중얼중얼거리다 눈을 뜨고 소설을 쓰기 시작했다. 둘의 어떤 것들을 조금은 가져왔을 수도 있겠지만 결국에는 사실 생각처럼 되지는 않았다. 왜 생각대로 되지 않았을까 나에게 애초에 마이조 오타로의 길대로 할 수 있는 힘이 부족했을 것이고 내 이야기는 내 이야기대로 마이조 오타로와 상관없이 자기 길을 갔기 때문일 것이다.

　　마이조 오타로의 『아수라 걸』의 주인공인 아이코에게는 달려나가는 힘이 있는데 그것은 쭉 뻗은 긴 종아리와 약간 더러운 스니커즈와 어깨 위에서 출렁거리는 갈색 머리카락 같은 것이 구체적으로 함께 그려진다. 힘을 포함한 이 소설의 좋은 점은 여러 가지가 있지만 특히 강조하고 싶은 것은 시작이 좋다는 것이다.

닳어 없어지는 것도 아니래서 한번 해봤는데, 닳아버렸다.
내 자존심이.

이제 와서 되돌려달라고 해봐야 녀석이 다시 되돌려줄 리도
없을뿐더러, 원래 자존심은 되돌려받는 게 아니라 되찾는
거다. (9쪽)

그러게 그러게 하며 고개를 끄덕이게 되는데 나중에 이
책을 처음 읽었을 때 써두었던 메모를 찾아보니 역시 이 첫
부분이 옮겨 적혀 있었다. 소설의 초반부에 또 인상적이었던
장면은 연쇄 살인마 '빙글빙글 마인魔人'에 자식을 잃은 부부가
놀이터에서 섹스를 하는 장면인데, 이 장면에서 아이코의
말들은 전부 '이렇게 이야기해도 괜찮은 것일까' 하는
의구심을 본인도 안은 채 그러나 그런 상태에서 가볍게 이
돌에서 저 돌로 뛰어오르는 힘이 보인다.

아이코가 사랑에 빠지는 아니 줄곧 사랑해왔던
요지는 올곧은 마음을 가진 주변 일들에 휘둘리지 않는
남자애인데 생각하는 것을 재지 않고 말해버리거나 그대로
해버리기 때문인가 왠지 모르게 바보 같고 귀여운 매력이
있다. 아이코는 사노와 호기심에 모텔에 가지만 테크닉이
훌륭하다는 소문이 있는 사노와의 섹스는 짜증스러웠고

사노를 발로 차고 나와 더러운 기분에서 헤어 나오기 위해
정말 사랑하는 사람을 떠올려본다. 그 사람이 누굴까 여러
사람을 떠올리지만 아이코가 정말 사랑하는 사람은 고민할
필요 없이 오래 알고 지냈던 요지이다. 그사이 사노는
실종되고 아이들을 죽인 빙글빙글 마인에 대해 인터넷
사이트에서는 온갖 소문이 떠돌고 소문을 만들던 사람들은
실제로 거리로 나와 중학생들을 폭행하고 아이코가 사는 조후
주변은 빠르게 정신없고 위험한 곳이 된다.

    아이코와 요지는 이런저런 일들을 겪지만 결국 아이코는
요지의 마음을 가질 수 없고 실제로 아이코가 손을 뻗게 되는
사랑은 아이코가 처음 보았을 때부터 오타쿠 같은 이상한
사람이라 생각한 사쿠라즈키였는데 소설을 처음 읽었을
때는 그래 사쿠라즈키는 아이코가 다른 세계에 갇혀 위험에
빠져 있을 때 먼 곳에서 손을 뻗어준 사람이고 아이코에게
마음으로 이야기를 전달할 수 있는 멋있는 사람이야 하는
생각을 했다. 지금도 그 생각은 변함이 없고 녹차를 잘 우리고
떡도 만드는 사람이라니 좋다는 생각이 들지만 어째서
여주인공이 결국 달려가 손을 뻗게 되는 사람이 오타쿠로
보이는 사람인가 이런 결말이나 설정은 왠지 미심쩍다.
녹차를 잘 우리는 오타쿠를 주인공으로 만들고 싶어 하는

저자의 생각이 느껴지는 듯한 것이다.

아이코가 사는 곳은 조후인데 도쿄도 조후라는 곳은
실제로 가본 적이 없으니 어떤 느낌일지 알 수 없지만 왠지
어떤 곳인지 알 것 같다고 혹은 실제 조후가 어떤 곳인지 알 것
같다기보다는 혼자서 머릿속으로 조후는 이런 곳일 거야 라고
그리는 상이 내게 있다. 그것은 두 명의 만화가가 사는 곳이
조후이기 때문이다.

조후에 또 다른 만화가가 살지도 모르겠지만 조후에는
두 명의 만화가가 살고 조후에 사는 두 명의 만화가야말로
내게 있어 중요한 사람 흔들리지 않고 박혀 있는 표지 같은
느낌으로 서 있다. 미즈키 시게루와 쓰게 요시하루인데 이 두
사람은 어느 시기 같은 공간에서 만화를 그렸다.
쓰게 요시하루는 미즈키 시게루의 어시스턴트였고 그 때문에
그는 조후로 이사를 온다. 미즈키 시게루의 원래 고향은
조후가 아니었지만 만화가 생활을 하며 조후로 이사를 왔고
오랜 대본소 생활 끝에 점차 작품을 인정받게 된다.
둘의 작품은 크게 비슷하지는 않지만 둘 다 굉장히 좋아하고
가끔 뭔가를 하는 게 좋을까 뭔가 좋은 것을 보고 싶다고
생각할 때 둘의 만화를 본다. 쓰게 요시하루는 꽤 오랫동안
만화를 그리고 있지 않고 이제 100살에 가까운 미즈키

시게루*는 이전만큼 활발한 작업은 하지 못하지만 가끔 일러스트 작업 같은 것은 하는 것 같고 최근 트위터에서 조후에도 스타벅스가 생겼다고 스타벅스에서 커피 마시는 사진을 올렸다. 그런 조후에 아이코는 여고생으로 이웃집 아이들이 살해당하고 중학생을 폭행하는 무리들이 거리를 떠돌고 그 무리에 반대하는 무리들이 어딘가로 향하고 또 그 무리에 반대하는 무리들이 날뛰는 곳에서 살고 있다. 그런 생각을 하면 이전까지 왠지 주근깨 같은 게 있는 갈색 머리 여자애로 그려지던 아이코는 흰 종이 펜 선 사이에서 가늘게 움직이는 만화 속 등장인물처럼 느껴지기도 한다.

　게다가 아이코는 싸움을 잘하는데 아이코가 미키를 때리는 장면은 왠지 시원한 느낌이다. 아이코가 미키를 때리는 것은 극 초반이고 소설을 읽는 우리는 미키가 나쁜 앤지 좋은 앤지도 확실히 판단하기 어려운 시점일 텐데도 왜인지 그 장면은 시원하다는 느낌인데 아이코가 갑자기 시작을 했기 때문에? 아이코를 혼자 두고 여러 명이 둘러쌌기 때문에? 미키는 분명 아팠겠지만 그 부분은 왠지 만화 속 여자애들이 빗금 그어진 붉은 얼굴을 하고 때리는 느낌이

- 2015년 93세의 나이로 세상을 떠났다. 명복을 빕니다.

든다. 이 소설에서 아이코와 미키의 싸움도 그렇지만 마이조의 단편집『모두 씩씩해』에 수록된「소말리아, 서치 어 스위트 하트」에서 노자키 치하루와 소마리아의 싸움도 그렇다. 두 싸움의 공통점은 때리는 쪽이 그 장면에서만은 굉장히 잘 때리는데 그게 폭력적이라기보다는 만화나 게임 속에서처럼 아 이제부터 이 캐릭터는 발차기를 시원하게 잘하는 누구라고 칩시다 같은 전제가 되어 있는 싸움 같다고 해야 할까. 몸을 가볍게 하고 날아가는 느낌이다.

　　마이조 오타로의『아수라 걸』에서 좋았던 것들을 그 외에도 이것저것 말할 수 있겠지만 이 소설에서 결국 좋았던 것은 사랑만이 나에게 손을 내밀어줄 수 있다는 것, 빙글빙글 마인의 머릿속에 갇힌 나를 구해줄 수 있는 것은 나에 대한 너의 애정과 의지라는 것을 주저하지 않고 말하고 있다는 것이다. 그런 식의 정면 승부는 의외로 어려운 선택이라는 생각이 든다. 그럼에도 이 소설은 그것을 직접 말하며 어떤 한계점을 훌쩍 뛰어넘으려는 호기로움이 느껴지는 것이 굉장하다고 생각한다.

　　다시 어떤 소설을 쓸 때 마이조 오타로에게 힘을 빌리고 싶어지겠지? 그런 생각을 하면 힘을 빌리고 싶은 다른 멋있는 사람들이 차례로 떠오르고 나 혼자 당신은 나의 친구 누구

씨는 나의 동료 멋있는 사람 하고 생각하며 기뻐한다 엄청 기분이 좋고 기쁘다. 나도 언젠가 나를 구해줄 수 있는 것은 당신의 사랑이라고 소리 지르는 것을 쓸 수 있지 않을까. 그런데도 아주 힘이 넘치고 주눅 들지 않고 독특한 것을 말이다. 좋은 것을 읽으면 역시 그런 용기가 넘치게 되고 어쩌다 그런 상태가 되는 것은 정말 좋다. 마이조 오타로의 또 다른 소설의 제목을 빌려서 표현하면 좋아 좋아 너무 좋아 정말 사랑해의 상태라고 할 수 있을 것이다.

*

　　찾아보니 이 글은 2015년에 쓴 글이다. 지금이라고 다른가 싶지만 이때는 좀 더 멋대로 썼군 하는 생각을 잠시 했다. 그사이 여러 가지 것들이 변했다. 그럼에도 지금과 비슷하다고 느낀 것은 글을 쓰는 과정을, 공간을 만드는 과정으로 여긴다는 것인데 그러고 보니 레몽 루셀의 『로쿠스 솔루스』의 추천사에도 그런 말을 썼다.

　　소설을 읽을 때 느낄 수 있는 여러 즐거움이 있는 것처럼 소설을 쓸 때 느낄 수 있는 즐거움 역시 확고하게 존재한다.

나의 경우 그것은 내가 있을 집을 지을 수 있다는 것인데
내가 만드는 집은 대체로 평범한 아파트이지만 왜인지
그곳에 있는 것이 무척 좋은 것이다. 레몽 루셀이 만드는
집은 커다란 저택이고 긴 복도와 계단 지하와 창고가 있고
그리고 모든 공간은 신기하고 굉장한 것 놀랍고 알 수 없는
것들로 움직이고 채워진다. 그리고 루셀이 문을 열 때마다
저택의 뒤로 샛길이 생기고 언덕이 나타나고 당연하다는
듯이 못 보던 방과 복도가 모습을 드러낸다. 레몽 루셀은
아마 자다가도 일어나서 들뜬 상태로 자신이 지은 집의
복도를 걸어보고 거기 세워진 동상을 만져보고 보이지 않는
친구들에게 이 동상이 어디서 온 어떤 역사를 가진 물건인지
설명할 것이다. 그러다 그는 죽은 사람을 살려내고 그들이
보여주는 생의 강렬한 모습을 재생할 것이다.

　　나는 새로운 것, 굉장한 것, 때로는 순수하고 잔인한
것을 보고 싶을 때마다 이 집의 문을 두드리게 될 것이다.
문을 열고 보게 되는 것은 모두 엄청나서, 내가 겪은 적 없는
이야기라도 지어내서 루셀에게 갖다 바치고 싶어질 것이다.
물론 이런 어딘지도 알 수 없는 이상한 곳에 더 이상 머무르고
싶지 않다고 생각하는 독자도 있을 것이다. 하지만 적어도
고양이가 스스로 원뿔을 쓰고 당통의 머리에 전류를 흐르게

하기 위해 재빠르게 걸음을 옮기는 곳까지는 지켜봐야 한다. 내가 가보았을 때를 기준으로 말하자면 그곳이 진짜 이 집의 입구다.

함께 읽은 책

마이조 오타로, 『아수라 걸』, 김성기 옮김, 황금가지, 2007.
──, 『모두 씩씩해』, 김수현 옮김, 북홀릭, 2009.
박솔뫼, 『백 행을 쓰고 싶다』, 문학과지성사, 2013.
레몽 루셀, 『로쿠스 솔루스』, 송진석 옮김, 문학동네, 2020.

쓰고 읽고 말하고

_____

읽고 쓰고

_____

일주일 전 이 시간에는 로베르토 볼라뇨를 좋아하는 사람들과 함께 있었다. 대흥역 근처 서점극장 '라블레'라는 세계문학 서점에서 열린 볼라뇨 19주기를 기리는 〈볼라뇨의 밤〉 행사에 참석했는데 참석한 사람들이 모두 볼라뇨를 좋아하는 사람들이라고 말해도 될지 모르겠지만 금요일 밤 그곳에 온 사람들이라면 다들 볼라뇨를 사랑하는 사람들이라고 생각해도 되지 않을까? 진행은 볼라뇨의 『SF의 유령』을 번역한 박세형 씨가 맡았는데 간단한 소개를 마친 세형 씨는 참가자들에게 아홉 개의 폴더를 보여주며 궁금한 키워드를 골라보라고 하였다. 똥폭풍 아이스크림 곰브로비치 같은 키워드를 보고 참가자들은 재미있어 보이는 키워드들을 차례로 불렀다. 세형 씨는 차분하고 조용조용하게 볼라뇨와 대체 무슨 연관이 있는지 짐작이 가지 않는 키워드들을 자연스럽지만 확실하게 볼라뇨와 연결 지으며 설명을 이어나갔다. 설명을 들으며 지금 이 자리에 모인 사람들 중에 세형 씨만큼 볼라뇨를 사랑하는 사람은 없을지도 몰라 하는 생각이 잠깐 들다 말았다. 세형 씨는 조용히 돌아가는 선풍기처럼 버튼을 누르면 오래도록 볼라뇨 이야기를 할 수 있었다. 나도 볼라뇨를 정말 좋아하지만 볼라뇨에 대해 끈질기게 알아가고 생각하고 그걸 눈앞의 것들과 연결하는 것은 쉽지 않다고 느끼고 앞으로도 그럴 것 같았기 때문이다. 하지만 동시에 볼라뇨라면 해볼 수 있을 것 같고 해보고 싶다는 생각도 조금씩 들기 시작하는 것을 보면 볼라뇨는 힘이 세고 강력하다.

그날 들었던 이야기 중 종종 떠올리는 것은 곰브로비치와 관련된 이야기다. 곰브로비치는 폴란드에서 아르헨티나로 망명을 했는데 사실 망명을 했다라기보다 취재차 아르헨티나에 도착한 다음 날 전쟁 발발 소식을 듣고 폴란드로 돌아가는 것을 포기하게 된다. 타지에서의 생활은 당연히도 지독하게 어렵고 그렇지만 곰브로비치는 어떻게 어떻게 살아갔다. 곰브로비치의 아르헨티나 친구들은 야 너 소설가라며 너는 대체 뭘 쓰는 거냐 이런 이야기를 하며 그들이 읽을 수 없는 그의 소설에 관심을 보였고 술집에 모인 곰브로비치의 친구들이 몇 단계를 거쳐 스페인어로 그의 소설을 번역했다고 한다. 그리고 지금도 아르헨티나에 가면 이후에 전문 번역가가 번역한 버전과 초기의 여러 친구가 바통 터치하며 스페인어로 뜨개질한 것 같은 과정을 거친 버전을 함께 판다고 한다. 너무 즉각적으로 감동하고 반성하는 것을 알지만 이런 이야기를 생각하면 힘이 솟고 용기가 나고 잠시 조금 담대해지고 나에게 용기로 설정된

값을 높여서 용기와 대범함을 아예 다시 생각하여 편성해야 할 것 같다. 그리고 이어지는 이야기는 뭐였더라……. 곰브로비치는 스스로 자기는 아르헨티나에서 잘 살았고 괜찮았고 작가가 꼭 모어를 사용해야 하는 곳에서 살아야 하는 것은 아니다……. 그리고 또……. 아무튼 그래서 곰브로비치는 에밀 시오랑처럼 징징거릴 필요가 없다고 했다. 이런 것이 기억에 남는다. 아니 이런 것만 기억에 남는 걸까. 그런데 이 이야기가 볼라뇨와 무슨 상관이냐고? 이 이야기는 이렇게 흘러가다 어느 순간 자연스럽게 볼라뇨와 연결된다. 보르헤스라는 접착제로 말이다. 물론 나는 아 그렇구나 하며 들어서인지 제대로 설명해낼 수는 없지만 말이다.

　　늘 글을 쓰고 책을 읽는 사람들의 이야기에 마음이 움직인다. 항상 그런 것은 아니지만 대체로는. 진심으로 이해할 수 있는 동시에 완전히 착각할 수 있는 이야기가 나에게는 그런 이야기인 것 같다. 그리고 그것이 나의 어딘가에서 작지만 확실한 동력으로 작용하여 읽고 쓰고 쓰고 읽게 만드는 데 도움을 주는 것 같다. 어떨 때는 그게 작지 않고 크고 거친 힘이 되어 엄청나게 큰 프로펠러가 돌아가고 거의 내 몸을 뚫고 나가기도 하는데 늘 그런 순간이 찾아오는 것은 아니지만 어느 순간 가능해지기도 한다. 그렇게 나에게 찾아오는 것들을 생각하며 읽고 쓰고 쓰고 읽고 쓰고 하는 것을 계속 반복하고 싶다. 어쩌면 나에게 찾아오는 것인 동시에 내가 찾아 헤매는 것일지도 모르겠지만.

그러고 보면 나는 내 소설에도 종종 볼라뇨 이야기를 쓴다. 「그럼 무얼 부르지」가 처음이었던 것 같고 최근에는 『미래 산책 연습』에 볼라뇨 이야기를 썼다. 몰랐지만 나도 종종 볼라뇨와 나를 연결시킬 수 있나 보다. 자연스럽거나 세련되지는 않지만 말이다.

작년에는 일본에 내 단편집이 번역되었다.* 도쿄의 진보초 헌책방 거리에서 멀지 않은 곳에 있는 하쿠스이샤白水社라는 출판사에서 출간되었는데 이 출판사는 볼라뇨 컬렉션도 출간했고 볼라뇨 하면 떠오르는 대부분의 책들이 이곳에서 번역 출간되었다. 내 책은 하쿠스이샤의 엑스리브리스EXLIBRIS라는 세계문학 시리즈 중 한 권인데 이 시리즈에는 볼라뇨의 소설 『야만스러운 탐정들』이 포함되어 있다. 강력하고 우습고 뜨겁고 힘이 센 것이 내 앞 어딘가에 있다. 내 앞의 몇십 권의 책들을 지나면 볼라뇨의 야탐이

---

* 『이미 죽은 열두 명의 여자들과もう死んでいる十二人の女たちと』. 한국에서 출판된 여러 단편을 모은 것으로 이 구성은 일본판으로만 출판되었다.

있고 그건 마치 버스 뒷자리에 앉아 앞자리에 앉은 볼라뇨의 뒤통수를 보는 기분과 비슷한 것 같다. 우리는 같이 내려서 함께 여행을 하지는 않겠지만 창으로 비친 얼굴을 보면서 가고 있다. 나는 먼저 내리거나 나중에 내리거나 혹은 그때 언제 내렸더라 생각하다 볼라뇨를 떠올릴 것이다. 내 책을 번역하신 사이토 마리코 선생님과는 이전에 도쿄에서 한 번 만나 뵌 적이 있는데 선생님은 지나가듯 볼라뇨 역자를 안다고 하셨다. 만약 언젠가 다시 도쿄에 가게 되어 사이토 선생님을 만나고 아주 우연히도 일본의 볼라뇨 역자를 만난다면 굉장히 기분이 이상하며 신기할 것 같다. 아, 저도 한국의 볼라뇨 역자를 아는데요 엄청 우연이지만 그 친구도 근처라고 하는데 연락해봐도 될까요? 그런 자리에 두 사람의 혹은 그 이상의 볼라뇨 역자들이 모인다면 그들은 스페인어로 이야기할까 영어로 이야기할까 아니면 사이토 선생님이 한-일 통역을 하게 될까. 무엇을 마시고 뭐를 주문하고 그러다가도 또 어떻게 지치지도 않고 볼라뇨 이야기를 하게 될까. 이것은 언제 떠올려보아도 신나는 상상이다. 그러고 보면 내가 장편소설『미래 산책 연습』에서 쓴 이야기도 그런 이야기였다. 볼라뇨의 몇몇 역자들은『2666』의 등장인물들처럼 실제로 알고 지낸다고 하는데 그게 불어나

영어 역자가 아니라 일어나 한국어 역자라면 다른 느낌일 것 같았고 그들이 만나는 순간에 대해 지나가듯 소설에 넣었다. 정말로 그 사람들은 무슨 이야기를 할까. 여행지에서 혹은 누군가와 짧고 서툰 외국어로 대화할 때 몇 가지 키워드들이 이어지면 왠지 굉장한 친밀감을 느끼고 상대가 꽤 재미있는 사람이라고 마음대로 단정 짓기도 하는데 그것과 비교할 수는 없겠지만 한국어 역자와 일본어 역자가 스페인어로 이야기를 하다가 던질 키워드들이 궁금해졌다. 분명히 흥미로운 이름들이 이어질 것이다.

소설을 쓰고 소설을 쓸 생각을 하고 어떻게 연결되어야 할까 생각하고 헤매고 쓰다가 생각하고 이런 과정들에 힘을 실어주는 것은 볼라뇨 같은 사람이다. 물론 그게 다가 아니고 나의 노동과 주변인들의 친절과 사랑, 노동으로 번 돈과 그 돈으로 산 음식과 휴식 같은 것이 중요하지만 그럼에도 읽고 쓰고 읽고 쓰는 생각을 과하게 하고 그래서 어떤 면에서는 거의 미쳐 있는 사람들의 힘을 가져오지 않았다면 정말 재미가 없었을 것이다. 〈볼라뇨의 밤〉 행사에서 마지막으로 연 키워드는 아이스크림이었는데 왜 아이스크림이고 왜 볼라뇨인지 설명할 자신은 없고 그냥 간단히 정리하면 문학이고 뭐고 아이스크림이나 먹죠 같은 건데 나는 문학에

미쳐 있는 사람들이나 그런 소리를 한다는 것을 아주 잘 알고
있다. 물론 아이스크림은 아이스크림대로 좋지만 말이다.

*

사이토 마리코 선생님과 만나 볼라뇨 이야기를 하다 얼마
전 볼라뇨에 관해 에세이를 썼다는 이야기를 하며 이 글을
보냈다. 선생님은 세형 씨와 볼라뇨 번역자인 노야* 교수님
사이에서 오갈 이야기를 통역하는 것은 너무 어려운 일일 것
같다고 하시며 이런 말을 남기셨다.

제가 가장 좋아했던 것은
버튼을 누르면 가볍게 돌아가는 선풍기입니다.

그런데 세형 씨는 정말 그렇게 말을 한다.

- 노야 후미아키野谷文昭를 말한다. 라틴아메리카 문학 연구자이자
  번역자이며, 전 도쿄대학교 교수. 로베르토 볼라뇨의 『칠레의 밤』
  『아메리카의 나치 문학』 『2666』 외 여러 책을 번역하였다.

다카하시 겐이치로,

———————————

                                       소설을 쓰자

———————————

다카하시 겐이치로라는 이름을 종이에 쓰고 가만히 보고 있으니 무척 다정한 기분이 들었다. 이 이름을 자주 보고 자주 써보고 말을 걸어왔던 것이다. 본인은 모르겠지만. 하지만 알고 모르고는 역시 별로 중요하지 않다. 다카하시 겐이치로에 관해서라면, '다카하시 겐이치로를 처음 읽은 것은', '가장 많이 읽은 책은', '기억에서 사라지지 않는 문장이 있는데'라는 식으로 여러 가지 시작할 말이 있다. 단순히 다카하시 겐이치로의 소설을 좋아하기도 하지만 내가 본격적으로 소설을 써야겠다고 맘먹은 이후 나는 겐이치로에 대해 너무 자주 지나치게 많이 반복적으로 생각해온 것이다.

나는 2009년 장편소설을 공모하는 신인문학상에 당선이 되었고 시상식은 2009년 겨울에 있었다. 시상식장에서 할 말은 이전부터 예정되어 있었는데 나는 내가 어딘가에서 데뷔를 하고 다른 사람들 앞에서 뭔가 말을 할 기회가 생긴다면 꼭 다카하시 겐이치로에 대해 이야기해야지 마음을 먹고 있었다. 당선 소감문의 전체 내용은 잘 기억이 안 나지만 줄곧 다카하시 겐이치로에 대해 이야기를 했고 끝에야 친구들 가족들에게 감사를 전했다. 나는 정말로 다카하시 겐이치로에게 고마움을 전하고 싶었는데 어떤 식으로 데뷔를 하게 될까 하는 불안 내가 확신하고 있는 것들을 남들에게

내가 잘 알지도 못하는 사람들에게 평가받는 것에 대한 석연치
않음 등으로 괴로운 시간들을 보낼 때 다카하시 겐이치로를
생각하며 나 혼자 일방적으로 많은 용기를 그에게서 얻었다.
작가들에게 얻을 수 있는 용기는 그런 식으로 일방적인
것이 당연한 일이겠지만 당시에는 그의 소설이나 에세이,
검색하며 찾아낸 그의 글들 모두가 나를 향해 있다는 생각을
하며 하루하루를 보냈다. 그리고 이후로는 그런 식으로 읽게
되는 작가는 몇 명 안 되는 것 같다. 다카하시 겐이치로가
위대하다는 말이 아니라 작가가 독자에게 휘몰아치듯
다가오는 한 시기가 있고 나는 그때 다카하시 겐이치로를
만났고 또 동시에 소설을 쓰고자 했다.

　　2014년에 나온 세 번째 장편소설『도시의 시간』은
2010년 첫 책을 출간한 후 집에서 눈을 뜨고 밥을 먹고 차를
마시고 다시 눕고 커피를 마시고 누워서 생각하며 하루의
대부분의 시간을 집에서 보낼 때 쓴 소설이다. 그 소설
같은 경우는 어떤 식으로 전개가 되어야 할까 갈피를 잡지
못할 때마다 다카하시 겐이치로의『사요나라, 갱들이여』와
『존 레논 대 화성인』을 펼쳐보며 조금씩 써나갔다. 좀 더
직접적으로 반복해서 읽었던 것은 번역된 그의 트윗인데*

- https://url.kr/h42b86

유명하다면 조금 유명한 그의 일화에 관한 것이다.

당시 겐이치로는 『사요나라, 갱들이여』라는 소설을 써야겠다고 마음을 먹고 있었다. 무엇을 써야 할지 어떻게 써야 할지도 알고 있었지만 누구를 향해 써야 할지만 모르는 상태였다. 소설을 쓰지 않으면 죽을 수밖에 없다고 생각할 정도로 정신적으로 코너에 몰린 상태로 그러나 누구에게도 이해받지 못할 것이라는 생각에 몇 줄을 쓰다 울거나 서성거리다가 다시 쓰거나 하던 때, 문득 요시모토 타카아키吉本隆明라면 자신의 글을 이해해줄 것이라는 생각을 하게 된다. 그때부터 소설을 써나갈 수 있었다. 소설은 수상은 하지 못했지만 몇 개월 후 요시모토가 지면에서 『사요나라, 갱들이여』를 논평하였고 이것이 계기가 되어 출판이 결정되었다. 겐이치로는 한 사람의 독자를 향해 글을 쓰기 시작했고 완성할 수 있었으며 그 한 사람의 독자도 그것을 읽게 된다.

어쩌면 일본이라서 가능한 이야기일 수도 있고 1980년대이기에 가능한 이야기일지도 모르겠다. 영향력 있는 비평가가 평을 했다고 당선작도 아닌 책이 출판되는 일이 말이다. 아무튼 이 이야기의 어떤 부분이 나에게 힘을 주었는가. 그렇다고 내가 다카하시 겐이치로가 이 소설을 읽어주었으면! 하고 소설을 썼던 것도 아닌데 뭐였을까. 아마도 다카하시 겐이치로가 앉은 자리에 내가 앉아 있다고 생각하지 않았을까. 나 역시 이마쯤에서 느껴지는 스스로 세우고 따르고 있는 존재를 떠올리며 쓰고 있다, 당신이 요시모토 타카아키를 생각하는 것처럼. 그리 먼 일도 아닌데 이유는 가물가물하다. 아마 그 이유였으리라고 짐작할 뿐이다. 그저 이 이야기만 반복해서 읽고 다시 쓰고 다시 이 부분을 읽었던 기억만이 선명하다.

　여기까지 쓰고 다시 읽어보니 이 글에는 겐이치로를 어떤 식으로 좋아했고 고마워했는가만 반복되어 있고 그의 어떤 점을 좋아했는가 하는 점은 잘 드러나지 않고 있다. 거기까지 이야기하자면 너무 길어질 것 같아 쓰지 않는 편이 좋겠지만 그래도 간단히 말해보자면 쓰는 사람으로 달려나가며 쓰고 있다고 해야 할까. 어딘가 조금 망가진 사람으로 슬픈 이야기를 우습게 쓰고 그리고 그것을 쓰고 또 쓰는 점? 쓰는 자신의 에너지가 강하게 드러나는 점이 좋은데 사실 나는 다른 몇몇 작가는 쓰는 자신의 자아가 너무 강해서 읽기를 거부할 때도 있는데 어째서 겐이치로는 그 이유로 좋아하는 것일까, 쓰는 자신을 숭고한 자리에 두지 않기 때문일까?

　처음 시상식에서 다카하시 겐이치로에게 감사를

전할 때에서 아주 긴 시간이 지난 것은 아니지만 다카하시 겐이치로를 바라보는 내 시선은 그사이 조금씩 변화해 요즘은 그의 최근 에세이를 보며 실망을 하거나 그가 하는 발언들이 역시 문제가 있다고 생각하기도 한다. 하지만 그러다가도 오랜만에 『사요나라, 갱들이여』를 읽자 역시 좋다 라고 생각하고 있었다. 어쩌면 내가 좋아하는 그의 모습은 그런 면에서 한정적이며 어떤 시기에 낸 특정 작품일지도 모른다는 생각을 하게 되기도 한다. 하지만 그럼에도 언제든 친숙한 책장을 넘기며 역시 좋다 라고 생각하고 있을 것이며 용기가 필요할 때 다시금 그의 글을 생각하게 될 것이다. 그런 식으로 가능한 것은 어쩌면 그가 가까운 곳에서 생존하며 우리는 함께 당대를 살아가기 때문일 것이다. 물론 그의 작품 중 상당수는 번역이 되지 않았고 나는 그것들을 읽어보려는 시도들만을 하고 있지만 나는 그의 소설을 굉장히 좋아함과 동시에 우리는 한 테이블에 앉아 현재에 대해 앞으로에 대해 말하고 싸울 수 있을 것이라고 생각한다. 그러려면 나는 잘해야 하고 그 역시 잘해야 하고 각자 긴장감 있게 팽팽할 수 있게 잘해야 한다. 이것도 좀 일방적인 생각이긴 하지만.

그러면

_____

어떻게 해야 할까

_____

하라 료를 생각하며 걷던 연말을 지나 연초에는 스즈키
이즈미를 읽었다. 스즈키 이즈미를 읽었다기보다는 눈앞에
스즈키 이즈미가 연속적으로 나타나서 읽지 않을 수 없었다.
지나가는 헌책방에 스즈키 이즈미 전집이 꽂혀 있거나 그런데
그런 헌책방을 이틀 연속 만나거나 친구로부터 스즈키 이즈미
좋다는 메시지를 받거나 스즈키 이즈미의 배우자였으며 천재
알토색소폰 연주자로 불리는 아베 카오루의 평전을 보다가
당연히도 스즈키 이즈미의 이름을 여러 번 발견하거나……
하는 일이 이어졌고 스즈키 이즈미의 사진으로 된 표지는
연속적으로 내 앞에 나타났다. 스즈키 이즈미를 처음
읽은 것은 분유샤에서 나온 『스즈키 이즈미 프리미엄
컬렉션』이었다. 일본어로 조금씩 읽으며 꼭 한국어판이
나왔으면 좋겠다고 생각했고 과거에 재직했던 출판사에
기획서를 써서 나온 것이 『여자와 여자의 세상—스즈키
이즈미 프리미엄 컬렉션』이다. 한국어판은 천천히 하루에
한두 장 읽는 페이스로 생각이 날 때마다 조금씩 읽다가
연초에 하루 몰아서 나머지 3분의 1 정도를 다 읽었다.

그러고 보니 아베 카오루의 평전 『아베 카오루
1949~1978』에서 스즈키 이즈미와 하라 료는 만난다. 재즈
피아니스트이기도 했던 하라 료는 자신이 기억하는 아베

카오루에 대해 이야기한다. 네댓 번 만났는데 매번 언제 어디서 만났고 어떤 이야기를 했는지 정확하게 기억하고 있었다. 하라 료가 아베 카오루를 마지막으로 만난 건 하쓰다이의 '가야'라는 라이브 하우스였는데 각자 다른 일 때문에 왔다가 우연히 마주쳤다고. 시답잖은 농담 같은 것을 하다 다른 사람이 오고 또 다른 사람이 와서 각자 이야기하다 아베의 부인이 왔을 때 자리를 떴다고 쓰여 있다. 하라 료는 스즈키 이즈미라고 덧붙이지 않고 아베의 부인이라고만 쓴다. 스즈키 이즈미의 소설에 하라 료 같은 인물이 등장할 구석은 없을 것 같고 하라 료의 소설에서도 스즈키 이즈미 같은 인물이 등장할 타이밍은 없을 것 같지만 어느 저녁 어느 장소에서 두 사람은 그리고 또 누군가는 만나고 이야기하고 지나간다.

『여자와 여자의 세상』에서 가장 좋아하는 단편은 「계약」과 「달콤한 이야기」이다. 두 편 모두 외계인이 나온다. 나에게는 두 외계인 모두 너무나 진짜인데 그게 진짜라서 좋고 진짜이게 하는 여자들이 좋다. 「계약」은 관찰자에 가까운 사치코의 이야기에서 시작해서 사치코의 이야기로 끝이 난다. 그런데 그게 외계인이나 어떤 사건을 관찰하는 느낌과는 다르고 사치코에게도 뭔가가 끓고 있고

아슬아슬한 그림자가 지나간다. 아키코와 비교하자면 좀 더
평범한 사람에 가까운 사치코가 아키코를 허물없이 대하는
것이 의외로 신선했는데 생각해보면 내가 누구를 만나
어떻게 곁을 내어줄지는 사실 정해진 것이 아닌 것이다.
누군가 내게 나타났을 때 내가 어떤 표정을 지을지도 정해진
것이 없는 것처럼 그리고 내가 모르는 내 표정을 상대방이
어떻게 이해할지도 끝끝내 알 수 없는 것처럼 말이다.
「달콤한 이야기」는 언뜻 구로사와 키요시의 영화 〈산책하는
침략자〉가 떠오르는 이야기였는데 외계인이 지구인인 상대를
어떻게 읽어내는가 그리고 어떻게 연결돼버리는가 하는 데서
묘하게 비슷한 분위기가 있었다. 「계약」과 「달콤한 이야기」
모두 빠른 속도로 나아가는 이야기는 아니지만 핸들이 그
방향으로 꺾일지 몰랐고 그게 과격하지도 어지럽지도 않지만
고개를 돌리니 창 너머로는 생각지 못한 풍경이 지나가고
있다. 그런데 언젠가 한 번은 봤을지도 모르겠다는 생각이
드는 곳이었다. 이렇게 도착하게 될지는 몰랐지만. 이 책에
실린 에세이 네 편도 모두 읽고 나면 여기에 어떻게 온 거지?
언제 이 길에 들어선 거지? 같은 질문이 깊숙이 파고든다.
그런 풍경을 보고 난 후에는 내가 지금 어디 있고 어디 있고
싶은지 지금 서 있는 곳이 정말로 구체적이고 선명한지 전혀

그렇지 않은데 그렇다면 어떻게 해야 할지 같은 질문이 알처럼 나를 감싸고 나는 그 상태로 계속 걷게 된다.

요 며칠 자꾸만 나타나는 스즈키 이즈미의 얼굴을 떠올리며 남은 책을 다 읽었을 때 가장 먼저 든 생각은 이 사람의 다른 작품도 번역되어야만 한다였다. 그런 것을 계속 읽고 싶고 읽으며 다가오는 풍경들을 흔들리는 마음으로 바라보고 싶다. 꼭 그랬으면 좋겠다.

함께 읽은 책

나카가미 겐지 외, 『아베 카오루1949~1978阿部薫1949~1978』, 文遊社, 2001.
스즈키 이즈미, 『여자와 여자의 세상─스즈키 이즈미 프리미엄 컬렉션』, 최혜수 옮김, 문학과지성사, 2023.

지금 보이는 좋은 것들은

_____

_____

거의 대부분 책이 내게 준 것들

뭔가 심기일전이 필요하다는 생각에 유미리의 『창이
있는 서점에서』를 읽기 시작했다. 힘이 센 것을 읽고 싶었고
그 순간 떠오른 것이 유미리였다. 유미리는 이렇게까지?
싶을 정도로 적나라한데 그것은 냉정함과 함께 어느 정도
자신을 내어주어야 가능한 것이다. 이 책은 기본적으로는
서평집이지만 『돌에서 헤엄치는 물고기』 출간 가처분 신청과*
관련된 자신의 결심 등 기타 여러 주제에 대한 에세이도 실려
있다. 연극으로 창작 작업을 시작했기 때문인지 희곡 작품에
대한 이야기도 흥미로운데 이오네스코와 관련된 부분이
재미있었다.

대출 기한일이 쓰인 스탬프 카드를 보고 놀랐다. 내 앞에
이오네스코를 빌린 사람은 92년에 두 사람, 91년에 한
사람(이것은 나다), 80년대에 빌린 사람은 단 두 사람,
그 전은 1963년이다. 50년대, 60년대에는 36명의 사람이
읽고 있다. 이오네스코가 붐이 되어 『수업』과 『대머리

- 해당 소설의 모델이 된 인물이 프라이버시 및 명예 침해와 관련하여
  손해배상과 출판 금지를 요구하였고 관련하여 재판이 진행되었다.
  대법원까지 간 이 재판은 해당 여성의 개인적인 특징 등 60여 부분을
  수정한 개정판 출간으로 결론이 났고 개인의 프라이버시와 문학의
  표현의 자유 등을 둘러싼 중요한 판례로 여겨진다.

여가수』가 여기저기의 신극단에서 상연되었던 시기이다.
(101~102쪽)

36명의 사람이라는 표현. 아마 36명으로 수정되어야 할
표현이겠지만 재미있었다. 이 부분을 읽은 다음 날 헌책방에
들렀다 온다는 친구를 만났다. 친구가 헌책방에서 산 책
중 두 권은 수십 년 전 중앙일보사에서 펴냈던 '소련·동구
현대문학전집'이었는데 오래된 대출 카드가 책 안쪽에 꽂혀
있었고 친구는 그걸 가리키며 두 권 모두 아무도 대출하지
않았다고 말했다. 나는 아 저 어제 유미리『창이 있는 서점』
읽었는데 거기에 이거랑 비슷한 이야기가 나와요, 하고
말했다. 친구는『창이 있는 서점에서』요 하고 대답했다. 아
서점'에서'구나. 책은 보통은 혼자 읽는 거니까 책을 읽으면서
겉으로 드러나는 어떤 순간이 만들어지기 힘든 것도 같지만
종종 이럴 때 책을 많이 읽는 사람들의 예리함이라고 해야
할지 기억력이라고 해야 할지가 재미있다는 생각을 하게
된다. 그런데 그런 순간을 만나려면 일단 책을 읽어야 한다.
이것저것 재미있는 것을 많이 읽어보자.

1

다와다 요코, 『개 신랑 들이기』

(유라주 옮김, 민음사, 2022)

재밌었다. 「페르소나」와 「개 신랑 들이기」라는 단편인지
중편인지 애매한 분량의 소설 두 편이 합해진 책인데 나는
「개 신랑 들이기」 쪽이 훨씬 재밌었다. 말 그대로 개 신랑을
들이는 이야기인데 겉모습은 건강하고 튼튼한 남자인데 이
사람의 정신이랄까 알맹이가 개인 경우이다. 활력이 넘치고
냄새 맡는 걸 좋아하고 섹스를 좋아한다. 아니 섹스라기보다
냄새 맡기와 핥기라고 해야 할까. 몇 년 전에 본 만화
『남편은 건강하고 개가 좋아』가 떠올랐다. 이 만화를 아주
좋아한다고 말하긴 힘들지만 좋아하는 제목 혹은 잘 지은
제목을 생각하면 이 제목이 가장 먼저 떠오른다. 대략적인
줄거리는 어린 아내와 도쿄대 교수인 남편이 결혼을 하게
되었는데 남편이 사고로 죽으며 혼이 개에게 들어가 아내와
개가 함께 살게 되는 내용이다. 이 만화에서는 개와 아내가
섹스를 한다. 개는 혀로 아내를 애무하고 딜도를 입에 물고
삽입하는 식이다. 「개 신랑 들이기」에서는 사람과 사람이
섹스하지만 '남자=개'의 움직임이 묘사만으로도 왠지 정신은

개일 것 같아 라는 느낌을 갖게 한다. 그 이상한 활력과 부드러움과 막무가내와 냄새와 혀의 묘사가 좋았다. 거기에는 뭔가 마음을 흐물흐물하게 만들고 무장해제시키는 것이 있었다. 하지만 이건 이 존재의 겉모습이 성인 남성이라는 안전장치에서 나오는 편안함이라는 생각도 든다. 그러고 보면 그 만화의 마지막은 개 신랑이 젊고 잘생긴 남자를 아내에게 맺어주고 성불하는 것이다. 역시 그럴 수밖에 없겠지? 하는 생각이 잠깐 들었다. 물론 소설의 결말은 전혀 다르다. 두 사람 옆에 각자의 원이 생긴다고 해야 할까. 어릴 때 이런 일이 주변에 벌어진다면 어떨까. 당시에는 잘 모를 수도 있지만 20년쯤 지나 그 일이 떠오르면 가슴속에 묘한 소용돌이가 휘몰아치고 우리에게 다가왔던 알 수 없던 순간에 대해 오래도록 생각하게 될 것 같다.

개를 만나는 사람은 기타무라 미쓰코로 다마 지역에서 학원을 운영하는 30대 후반의 여성이다. 개 신랑이라는 존재가 독특하게 느껴지지만 사실 어떤 면에서는 미쓰코 쪽이 훨씬 독보적인 인물로 개 신랑쯤은 아무렇지 않게 들일 것같이 대범한 데다 부드럽고 자연스러운 자세로 이게 재밌지 않니? 뭐 이런 게 어떠려나? 하는 느낌으로 사람들이 마음속에 각자 가지고 있는 선을 아무렇지 않게 넘나든다.

미쓰코가 주로 만나는 이들은 아이들로 아이들은 어른들보다 더 자연스럽게 미쓰코를 받아들인다. 이를테면 근친상간이 암시되는 옛날이야기라든가 옷을 아무렇지 않게 정리하며 가슴을 드러나게 하는 것이라든가 같은 교실의 여자아이의 공책에 남자아이들이 자꾸 코딱지를 붙이자 자기 코딱지는 자기 공책에 붙이라는 식으로 말한다든가 하는 것 말이다.

나 역시 가끔 요즘 모든 것이 (내 자리 빼고) 쾌적하고 하나의 티끌도 없이 말끔하고 표백된 것 같다고 느낄 때가 많아서인지 미쓰코를 보는 게 즐거웠다. 뭔가 지하철 옆에 앉은 사람에게 귓속말로 '저 당신이 매일 집에서 코딱지 파 먹는 거 알아요 저도 가끔 그러거든요' 같은 이상한 말을 끝도 없이 하고 싶을 때가 있는데 그러니까 이 깨끗하고 올바르고 차분하고 말끔하고 세련된 모든 것이 참을 수 없는 기분이 드는 것이다. 그런데 미쓰코는 조금 더럽고 자기 페이스인 동시에 학부형과 부드럽게 넘어갈 정도로 묘한 설득력을 가진 사람이라 읽는 데 편안하면서도 무척 신나고 즐거웠다.

소설의 배경인 다마 지역은 고도 경제성장 시기 도쿄의 주택 부족을 해소하기 위해 대단지로 만들어진 뉴타운이다. 단지와 일본 철도 연구로 유명한 하라 다케시가 자신의 유소년기 경험을 바탕으로 쓴 『다키야마 코뮌 1974』에서는 다키야마 단지 입주민들끼리 서로 비슷한 계급과 문화적 환경을 가진 경우가 많았다고 설명하는데, 소설 속 다마 지역도 이와 비슷한 분위기가 아니었을까 싶다. 소설에서는 이 지역을 자세히 설명하지는 않지만 미쓰코라는 개성 있는 인물을 대하는 주민들의 모습—독특하고 이상하다고 생각하지만 배척하지는 않는 그러면서도 역시 수상하게 생각하지만 싫어하지는 않는—을 통해 자세한 설명 없이도 이 장소를 자연스럽게 받아들이게 하는 것 같다. 그런 면에서 이런 정도로 '이 설정을 받아들이게 함'이 성립하려면 애초에 어떤 시공간을 설정할지가 당연히 중요한 것 같다. 이 소설은 그것을 아무렇지 않게 스윽스윽 해버리고 있지만 말이다.

『개 신랑 들이기』의 또 다른 소설 「페르소나」는 독일에서 독문학을 연구하는 미치코라는 여성을 중심으로 독일—일본/일본—한국, 태국 등 아시아 국가들 사이의 시선을 다루는 소설이다. 이 소설에서 흥미로웠던 것은 앞서 말한 주제보다는 미치코와 남동생과의 관계인데 미치코의 남동생 가즈오도 미치코처럼 독일에서 독문학을 연구하는 이로 두 사람은 같은 집에서 살고 있다. 연구에 대해 어쩐지 자신 없어 보이고 크게 인정받는 것 같지 않은 미치코에 비해 가즈오는 무난하게 연구자로서의 길을 승승장구하며 가고 있는 것 같다. 여기서 그려지는 두 사람의 관계가 '아 이런 식 아닐까' 싶은 것과는 달리 뭐라 한마디로 설명하기 힘든 관계라는 것이 재미있었다. 미치코는 자신과 다르게 큰 무리 없이 타국에서 연구를 해나가는 남자 형제에게 종종 불편함에 가까운 위화감을 느낀다. 사람들은 가즈오의 연구 주제는 묻지만 미치코의 연구 주제는 묻지 않고, 미치코는 세상사 여러 일들을 이기고 지는 일로 받아들이는 가즈오가 자신과 다르다고 느낀다. 하지만 이 지점을 극대화시키지는 않고 이런 면과 동시에 존재하는 또 다른 면을 비슷한 정도로 소설은 드러낸다. 어떤 일이든 일단 가즈오에게 말하고 나서야 마음이 편해지는 미치코라든가 동생을 아끼면서 동생을 괴롭히는 상상을 하는 미치코라든가 그럼에도 중요한 대화 상대로 동생을 대하는 미치코라든가.

재미있었던 장면은 야마모토 씨 댁에서 한 슈타이프 씨와의 대화였다. 일본인들 사이에서 곧 일본에 가는, 그래서 미치코에게 일본어를 배우는 슈타이프 씨는 눈알이 붙은 생선을 개한테 주지 말라거나 살충제가 있으니 파리채로 파리를 죽이지 말라는 말을 일본어로 한다. 외국어가 서툰 사람이 발화자가 되는 상황은 대개 그 발화자를 긴장하게 만든다. 여기서는 슈타이프가 그런 상황이지만 슈타이프를

157

둘러싼 일본인들은 그녀에게 매우 우호적이다. 우호 속에서 슈타이프가 내뱉는 일본어는 일본인들에게 이걸 하지 말고 저걸 하지 말라는 내용이고 여기서 묘하게 독일―일본 어쩌면 서양―동양의 권력관계가 느껴진다. 이건 소설의 시작 부분부터 한국인 성룡 김을 대하는 독일인들의 다소 차가운 시선과 그걸 느끼는 미치코에서부터 확인할 수 있는 지점이다. 한편 소설에서는 이 부분이 강조되지는 않고 오히려 이를 흔들어보려는 미치코의 시도가 더 두드러지지만 어쨌거나 이 소설의 성립에는 아시아 다른 나라―일본― 독일 사이의 권력관계가 전제되어 있다. 이 지점이 조금 흥미롭다는 생각도 들었다. 이것이 유효한가 그렇지 않은가의 문제보다 어쨌거나 소설은 이를 흔들려 하지만 이런 긴장 관계가 소설의 성립에는 이미 전제되어 있다는 것이 말이다. 조금 다른 이야기지만 히라타 오리자의 『도쿄노트』 같은 작품을 보면 별다른 의문 없이 전 지구적 위기에서 도쿄가 중요한 역할을 떠맡는다. 그리고 그것이 전혀 새삼스럽지 않고 무척 자연스럽게 그려진다. 앞서 말한 전제나 이 작품의 전제가 이제 유효하지 않다는 느낌이 들기도 하는데 왜 그런지 생각해보면 기후 위기나 전쟁을 비롯한 세계를 둘러싼 변화가 최근 몇 년 더 빠른 속도로 직접적으로 다가오기 때문에 이런 전제를 떠올리기 이전에 많은 것이 휩쓸려가는 느낌이 들었다. 사람들은 이전처럼 이런 구도를 내면화하지 않을 것 같다. 동시에 다른 방식의 권력과 긴장 관계를 내면화하겠지 그런 생각을 잠시 했다.

　　다와다 요코를 읽다가 도쿄에 사는 친구와 했던 대화가 떠올랐다. 친구와는 구니타치라는 도쿄 근교 지역에서 만났는데 이런저런 이야기를 하다가 친구는 내게 구니타치 문학상이란 게 있어 너도 응모해봐 하고 말했다. 나는 한국어로 소설을 쓰니 친구의 말은 당연히 농담이었는데 거기에 나는 어 그래? 한번 내볼까 말하고 친구는 다와다 요코가 구니타치 문학상 심사위원이라고 말했다. 왜지? 구니타치 출신인가? 묻자 친구는 맞다고 말하며 "다와다 요코 뭔가 구니타치스러워"라고 했다. 구니타치스러운 게 뭔지는 모르겠지만 내가 여러 번 가보았던 구니타치는 나무와 학교가 많고 세련되기보다 편한 느낌이었고 뭔가 책 좋아하는 사람들이 많을 것 같은 느낌이었다. 거기에 약간 외골수 느낌도 좀 있는? 예술가 느낌이라기보다 개성 있는 학구파 느낌? 다와다 요코가 그런 느낌인가 약간 그럴지도. 암튼 다와다 요코에 대해 할 말이 더 많은데 이를테면 이 사람 소설은 어딘가 묘하게 성인들 이야기 같지 않다든가

장난꾸러기 같다든가. 하지만 다음 기회가 있겠지?

2

이미상, 『이중 작가 초롱』

(문학동네, 2022)

지난번 리뷰에서 신종원의 『습지 장례법』을 싸움이 안 걸리는 소설이라고 했는데 이 소설은 이 소설과 싸울 필요는 없지만 대면하지 않을 수 없는 소설이다. 대면했는데 머리도 몇 번 맞고 아 근데 굳이 받아치고 싶지는 않았다. 저를 때리시는군요…… 생각할 뿐.

「무릎을 붙이고 걸어라」를 처음 읽었을 때 머릿속으로는 이 마무리 살짝 치사하지 않습니까? 싶었지만 끝까지 다 읽자 마음속에서는 아닙니다, 치사하지 않습니다 하게 되었다. 동시에 이 소설 결말 같은 방식의 '돌아가는 팽이를 소설 안에 심기'가 이 책에 실린 소설들의 공통점이라는 생각이 들었다. 단편집에서 굳이 하나의 공통점으로 모든 작품을 연결시킬 필요는 없다고 보기 때문에 이 단편들을 한 주제로 묶고 싶다는 생각은 안 들지만 그럼에도 꼽자면 이것이라 말할 수 있을 것이다. 좀 더 구체적으로 설명하면 이렇다. 이 책에 실린 단편들은 아 이런 주제를 긴장감 있게 풀어내고 있구나라고 생각하며 읽다 보면 꼭 그런 것만은 아닌, 다른 시선의 동력을 보여준다. 이 동력은 각 주제를 쉽게 판단하기 힘들게 하고 독자로 하여금 이게 뭘까? 하는 의문을 계속 스스로에게 던지게 한다. 긴장감 있게 공을 주고받고 있다고 생각했는데 다른 네트에서도 공이 넘어오는 것 같은 느낌이라고 해야 할까. 한편으로는 이것이 주제나 문제의식 같은 이성적이거나 논리적인 영역이 아니라 말 그대로 어떤 기질이나 힘 같은 것처럼 느껴지기도 한다. 그냥 움직이는 뭔지 모르겠는 뭐 그런 것? 하지만 소설이 즉흥적이라는 뜻은 아니고 오히려 굉장히 여러 방식으로 구조를 짜고 고치고 다시 쓴 여러모로 계산이 잘된 소설들이라고 느꼈다. 하지만 그 두 가지가 함께한다는 것이 이상한 일 같지는 않다. 오히려 소설 안에서 벌어질 수 있는 좋은 일 같다.

　　단편집의 첫 번째 두 번째 소설인 「하긴」과 「그친구」는 한 짝 같은 소설이다. 다음 소설인 「이중 작가 초롱」까지 연결된다고 볼 수도 있겠지만 소설이 전개되는 방식이나 주요 인물이 다른 가지처럼 느껴지고 꼭 앞 소설에서 느껴지는 흔적을 이 사람이 이 사람이고 저 사람이 저 사람이라는 식으로 연결할 필요는 없다고 생각한다. 두 편 모두 펼치면 바로 몰입되어 흥미진진하게 읽게 되는 소설이다. 소설 속 남편 '김'은 확실히 우습고 쉽게 비웃게 되고 동시에 진절머리가 나는 인물이기도 하지만 나는 소설이 이러한 종류의 인간을 비판적인 시선으로 그렇게까지 우스꽝스럽게 그렸다는 생각은 들지 않았다. 사실 조금 자신이 없는 게 소설은 충분히 비판적인데 내가 비위가 좋아서 음 이 사람은 이런 사람이군 재밌군…… 정도로 그치는 것일지도 모르기 때문이다. 내가 조금 헷갈렸던 것은 보미나래가 어떤 인물인지 마지막 부분 편지의 여성이 증언하는 휘파람 부는 여자는 보미나래로 보이는데 그렇다면 방 안의 임신 테스트기는 다른 여성의 것인지. 보미나래가 지적 능력이 떨어진다고 여러 번 언급되는데 어쩌면 부모는 그 면만을 보고 있는 것이었고 실은 훨씬 주체적이고 다른 이들을 도우며 살아가고자 하는 다른 면이 훨씬 많은 사람이라는 것일까. 이건 너무 소설에 대해 이게 이런 방향성일 거야 라고 생각해서 나오는 결론 같기도 하다. 아무튼 보미나래는 어떤 사람일까? 이 부분은 작가는 더 자세히 알고 있을 것이라는 생각이 든다. 어떤 소설은 작가도 잘 모를 것 같은데 이 소설은 왠지 작가가 등장인물들에 대해 잘 설계하고 있는 것 같다는 느낌이 들었다. 그 차이가 뭔지는 설명이 잘 안 되지만. 하지만 역시 다시 생각해도 보미나래는 잘 모르겠다. 이 사람이 어떤 사람인지. 어쩌면 부모는 어떤 면에서는 딸을 늘 잘 모르는 것일까?

「그친구」는 '김'의 아내 '규'의 시선으로 전개되는 이야기이다. 규는 모임 친구 '지경'이 남편과 섹스하는 동영상을 보게 된다. 그런데 그 지경이 어떤 사람인가 하면…… 모든 모임에서 거절당하고 분위기를 흐리고 눈치도 없는 그런 사람인데 사실 나는 소설을 읽으며 지경이 좀 좋았다. 그건 이 사람이 소설 속 사람이고 흥미로운 캐릭터이고 아마 나에게 그런 기질이 아주 없다고 말할 수는 없어서이기 때문인 것 같다. 거기다 굳이 말하면 화자인 규 같은 사람을 내가 좀 더 어려워하기 때문에 그런 것 같기도 하다. 하지만 이렇게 말하면서도 아 그래도 실제로 지경을 만나면 괴로울지도 몰라 싶어질 만큼 지경은 만만치 않은 사람이다. 그러고 보면 「하긴」도 「그친구」도 등장하는 사람들을 그렇게 밉지만은 않게 그린다. 예상되는 전형성을 걷어내고 좀 더 구체적인 개성을 부여한다. 물론 나는 여전히 화자가 규가 아니라 지경이었으면 좋겠고 지경과 보미나래는 다른 인물이지만 두 사람 모두 튀어나와서 자기 이야기를 좀 더 했으면 좋겠다. 어쩌면 이 지점 때문에 나는 전혀 다른 두 사람을 비슷한 캐릭터로 느끼는 것 같다.

소설집에서는 「모래 고모와 목경과 무경의 모험」이 가장 재밌고 좋았다. 종종 소설과 영화, 만화를 통해 이모나 고모라는 캐릭터를 학습하게 되는 것 같다. 나는 친구 같은 이모 고모 삼촌의 경험이 거의 없어서인지 이런 캐릭터가 나올 때 더 흥미를 느끼곤 한다. 몰랐는데 여기서도 사람들이 소설을 이야기한다. 처음 읽었을 때는 눈치채지 못했는데 아니 지금 다시 읽으니 그렇네. 정말 이 소설집에 나오는 사람들은 소설에 미쳐 있다. 그런 의미에서 표제작인 「이중 작가 초롱」은 소설이라는 것을 읽고 쓰고 이야기하는 여러 국면들을 읽고 쓰고 이야기하는 우리들이 어떻게 날을 세우고 제대로 바라보아야 할지 제시한다. 하지만 그 이야기를 하는 사람들이 다들 조금 돌아 있어서 아 읽는 나 쓰는 나 좀 더 이게 뭔지 냉정하게 바라보아야 해 라고 생각하며 긴 테이블에 멈칫거리며 다가갔는데 그 이야기를 하는 사람들이 다들 어딘가 너무 열에 들떠 있어서 이거 정말 이렇게 생각해서 이렇게 말하는 거야? 라는 의구심을 가지며 듣게 된다. 그러니까 초롱이 '소설에서 화해하면 안 될 사람을 화해시키는 것', 이걸 나는 이 소설이 잘못이라고 생각하고 있다고는 느끼지 않는 것이다. 계속해서 돌아가는 팽이들.

「모래 고모와 목경과 무경의 모험」에 대해서는 크게
뭐라고 말을 더 하기보다는 구체적인 어떤 모습들을 그려보게
된다. 눈이 내리는 풍경. 겨울의 공기와 공기에서 나는 물냄새.
동네에서 나는 부침개 기름 냄새. 그리고 온몸의 신경이
곤두선 채 어떻게 도망을 쳐야 할지 머리가 새하얘질 정도로
긴장된 상태의 사람. 목을 아예 꺾은 채로 운전하는 여자. 목을
아예 꺾은 채로 운전하는 여자. 목을 아예 꺾은 채로 운전하는
여자. 목을 아예 꺾은 채로 운전하는 여자. 그리고 이 소설의
제목을 구성하는 요소들을 떠올린다. 모래 고모 목경 무경
모험. 그 모든 것이 합해져서 좋다. 그런 것을 생각하는 게 더
좋은 것 같다.

3

토베 디틀레우센, 『코펜하겐 삼부작 1—어린 시절』

(서제인 옮김, 을유문화사, 2022)*

이 책을 처음 읽을 때는 어쩐지 서걱거려서 적응이 쉽게
안 되었지만 어느 순간부터 이 책 속을 수영하는 것처럼
이 책과 함께 달리는 것처럼 한 발 한 발 내가 책 속을 뛰고
있다는 것도 의식하지 못할 정도로 몰입해서 읽었다. 어린

시절은 너무 옛일 같다가도 떠올려보면 사실 내가 변하지
않은 채 지금 가지고 있는 것을 이미 다 가진 내가 그곳에서
단지 시간을 훨씬 더 예민하고 생생하게 감각하며 살아가고
있다는 것을 알게 하는 것 같다. 해가 잘 들어오는 방에서
누군가를 기다리며 여러 생각에 빠져 있던 시간들, 주인집
나씨 할머니는 네 가족이 함께 사는 아들네 집 옆에 따로
작게 나와 있는 작은방에서 살았다. 늘 정리된 파마머리에
낡았지만 단정한 옷차림이었고 나는 그 머리를 볼 때마다
종종 엉덩이까지 내려오는 긴 머리를 늘 쪽 찌고 있었던
시골의 할머니를 생각했다. 엄마는 원래 그 집이 광주 좋은
땅은 다 가지고 있던 부잣집이었다고 말해준다. 겨울에
외출할 때면 늘 모피를 입었던 아주머니 조용했던 아저씨
나씨 할머니 모두 나에게 잘해주었고 친절하셨다. 모기장
안에서 잠을 자다 깨면 지금 내 나이의 엄마 아빠가 어둠

- 이 책의 분류는 해외 에세이지만 나는 이 작품이 소설이라고 생각한다.
  내게 어떤 작품이 소설인지 아닌지 가르는 기준은 명확한데, 1) 작가가
  소설이라고 말한 것, 2) 내가 소설이라고 생각한 것 이 두 가지이다. 그
  두 가지가 충돌할 경우는 토베 디틀레우센의 의견이 무조건 맞다. 동시에
  이런 생각도 든다. 픽션을 쓰는 작가의 회고록을 소설이 아니라고 단언할
  수가 있을까? 누구든 이 소설을 읽는다면 내 의견에 동의하게 될 거라
  생각한다.

속에서 나와 언니 이야기를 하고 있었다. 1년밖에 안 다녔던 서석동의 오래된 학교는 학교까지 가는 길에 붉은 벽돌 담장이 있었는데 거기에는 늘 누구누구 바보 같은 낙서가 되어 있었다. 그 길을 걷던 시간은 여름도 겨울도 있었을 테지만 언제나 담장을 드리운 충만한 햇살로 기억된다. 1학년 아이라고 믿어지지 않을 정도로 섬세하게 그림을 그리던 이준우는 그림만 그리면 아이들이 몰려오고 항상 선생님께 칭찬을 받았는데 학년 말이 되어서는 다른 아이들처럼 거칠게 그려서 스케치북을 채웠다. 엄마가 미국에서 공부를 한다는 아진이에게 담임선생은 여자가 공부를 그렇게 많이 할 필요는 없다고 한다. 그건 별로 좋지 않다고 말한다.

"그건 러시아어에서 온 단어야. 고통과 비참함과 슬픔을 뜻하는 말이란다. 고리키는 위대한 시인이었지." 나는 기쁨에 차서 말했다. "나도 시인이 되고 싶어요!" 그러자 아버지는 곧바로 얼굴을 찡그리더니 엄한 목소리로 말했다. "바보 같은 소리! 여자는 시인이 될 수 없어!" 상처받고 화가 난 나는 다시 내 안에 틀어박혔고, 그러는 동안 어머니와 에드빈은 그 터무니없는 생각을 비웃었다. 나는 다시는 누구에게도 내 꿈을 털어놓지 않겠다고 맹세했다. 그러고는

어린 시절 내내 그 맹세를 지켰다. (37쪽)

그 선생은 어느 날 떠들지 말고 조용히 있으라고 하고
몇 시간이고 나타나지 않았다. 아이들이 소란스러워 옆 반
선생님이 교실을 살펴보다 나갔다. 몇 시간 후 돌아온 담임은
1학년 아이들을 엎드리게 한 후 왜 선생님 말을 듣지 않느냐며
엉덩이를 나무 막대로 때린다. 할머니가 재봉틀로 만들어준
옷을 입고 다니던 친구와 늘 친구들에게 돈을 빌리며 이자를
쳐주겠다고 말하던 친구 그리고 또 여러 사람. 거기서 더
나이를 먹어도 2학년이 되고 3학년이 되어도 햇볕이 드는
방에 누워서 뭔가를 계속 생각하던 시간과 그저 동네 골목일
뿐인 길을 걸으며 이 길 끝에 뭐가 나오는지 지나치게
설레하며 앞으로 벌어질 일들에 터무니없는 기대로 가득했던
시간은 계속된다. 그 시간은 어떨 때 지나거나 끝난 것 같지
않고 거기에 그렇게 지속되고 그것이 그 시간의 본질이고
나조차 모르는 나의 시간이 가진 비밀 같다.

나는 언제나 내 말을 들어주고 나를 이해해주는 어떤
신비로운 사람을 만나는 꿈을 꾼다. 그런 사람들이
존재한다는 걸 책에서 읽은 적 있다. 하지만 내 어린 시절의

거리에서는 그런 사람을 한 명도 찾을 수 없다. (56쪽)

어릴 때 책을 읽으면 거기에는 늘 친절한 이모가 있고 다른 세계를 보여주는 어른이 있다. 아니면 영혼을 나누는 친구를 만나게 되는데 "내 어린 시절의 거리에서는 그런 사람을 한 명도 찾을 수 없"었다. 그러나 동시에 나 역시 누군가를 깔보고 못되게 구는 아니면 지루하고 재미없는 이름만 특이한 애였을 것이다.

3학년이 되어 대구로 이사 갔을 때 지금도 반복해 떠올리는 좋아하는 시간 하나는 아빠의 흰 엘란트라에 탄 우리 가족 모두가 양희은 노래 테이프를 따라 부르며 나무가 크고 생생하게 다가오는 것 같은 도로를 달리는 시간들. '도무지 알 수 없는 한 가지 사람을 사랑한다는 그 일 참 쓸쓸한 일인 것 같아.' "이건 양희은이 그 사람을 만나고 쓴 거야." 이어서 들리는 아빠의 목소리.

테이프를 뒤로 뒤집고 재생 버튼을 누르듯이 2010년을 재생하면 첫 책 첫 낭독회가 떠오른다.

아버지는 내가 도서관의 시집들을 집까지 잔뜩 지고 오지
못하게 하고, 결국 나는 산문이 담긴 책 속에서 시들을
찾아내야 한다. "죄다 뜬구름 잡는 소리들이야." 아버지는
경멸에 찬 목소리로 이렇게 말한다. "시들은 현실하고 아무
관련이 없어." 나는 현실을 좋아해본 적도 없고, 현실에
관해 쓰지 않는다. (100쪽)

그 낭독회에서 번역가와 작가로 활동하고 있는 지금 내
나이 또래의 남자는 신이 난 얼굴로 손을 들고 말한다. "소설을
잠깐 살펴보니 너무 남자에 대해 특히 중년 남자에 대해
모르시는 것 같아요." 그때 내가 뭐라고 대답했을까? 기억나지
않는다. 사실 그 사람이 정확했는데 나는 당신이 말하는
남자를 모르고 나는 당신이 말하는 중년 남자에 아무런
관심이 없다. 나는 그런 남자를 좋아해본 적도 없고 그에
관해 쓰지 않는다. 첫 책 행사에서 받은 그 평가는 이후 다른
방식으로 '인생을 모르고 현실을 모르고 세상을 모른다……'로
종종 반복되고 내게 그 사실을 너무 이야기해주고 싶어
안달하던 첫 낭독회에서의 그 얼굴은 비슷한 다른 얼굴로
바뀌어 지나간다. 얼마 전에 쓴 소설 『극동의 여자 친구들』에
이런 부분이 있다. "어딘가에 현실이 있고 그리고 그것이 나의

현실이고 나는 이 현실에서 가장 현실적"이다. 나는 그 현실을 살고 그에 관해 쓴다.

이 소설을 읽고 나니 왠지 지금이 아주 오랜만에 아고타 크리스토프의 『존재의 세 가지 거짓말』을 다시 읽어야 할 시간이라는 생각이 든다. 책이 주는 아름다운 순간은 이럴 때 같다. 조용하지만 강력하게 다른 작품을 이어주는 것. 그리고 이 책의 끝부분 이제 막 일을 시작해야 하는 주인공을 보며 타카노 후미코의 『노란 책』도 다시 읽고 싶어졌다. 메리야스 공장에서 일을 해야 하는 자크 티보의 진실된 친구인 극동의 소녀. '너는 나의 친구이기도 해.' 페이지마다 이런 말을 속삭이게 하는 책이 소개해준 책친구들을 늘 사랑하고 있고 사랑하게 될 것이다.

이 글을 쓰고 있는 지금은 2022년 연말이다. 2022년에 읽은 책 중 가장 좋았던 것은 다이도지 마사시의 『최종 옥중 통신』이다. 사형제와 사법제도 같은 여러 첨예한 주제를 그의 일기를 통해 매번 격렬하게 다시 사고하게 되었다. 의외의 유머가 좋았고 조르주 심농을 좋아한다던가 하는 독서 취향을 발견하게 될 때는 즐거웠다. 그러나 역시 무척 쓸쓸한 책이었다. 그렇다면 소설 중에서 가장 좋았던 것은 박솔뫼의 『믿음의 개는 시간을 저버리지 않으며』였다. 정말 좋더라고요…….

함께 읽은 책

다이도지 마사시, 『최종 옥중 통신』, 강문희·이정민 옮김, 에디투스, 2022.
박솔뫼, 『믿음의 개는 시간을 저버리지 않으며』, 스위밍꿀, 2022.
아고타 크리스토프, 『존재의 세 가지 거짓말』, 용경식 옮김, 까치, 2022.
유미리, 『창이 있는 서점에서』, 권남희 옮김, 무당미디어, 1997.
——, 『돌에서 헤엄치는 물고기』, 한성례 옮김, 문학동네, 2006.
타카노 후미코, 『노란 책』, 정은서 옮김, 북스토리, 2018.
토쿠히로 마사야, 『남편은 건강하고 개가 좋아』, 고현진 옮김, 시공사, 2012.
하라 다케시, 『다키야마 코뮌 1974』, 조승미 옮김, 이매진, 2017.
히라타 오리자, 『도쿄노트』, 성기웅 옮김, 현암사, 2013.

봄

_____

_____

이 소설은 내게 그런 느낌인데 고개를 돌렸을 때
이 공원의 호수를 옆 사람이 뭐라고 하게 될지 모르겠다.
아 정말 상쾌하다. 약간 냄새가 나지 않아 근데?
초록색은 좋은데 눈이 시원해지잖아.
잠깐만 입에 하루살이가 들어간 것 같기도 하고.

_____

_____

바람은 불고 시원한데 돌에는 이끼가 껴 있고

_____

부레옥잠의 뿌리는 귀여운 것일까

아니면 더러운 것일까?

책을 읽다 보면 어떤 작가가 한 것보다 하지 않은 것, 잘할 것이 분명하지만 더 하지 않은 것, 선택하지 않은 방향에 대해 생각하게 될 때가 있다. 이희주의 『사랑의 세계』를 읽으면서도 그랬다. 이희주가 이 소설에서 더러운 여자를 정말로 더러운 정도로만 더럽게 쓰는 것, 그 사람이 사람이라는 평범한 사실을 잊지 않고 쓰는 것을 생각했다. 나는 그것이 좋았다. 즉 더럽고 이상한 여자, 욕망을 가진 여자들을 무대에 올려서 이 이상한 걸 보라고 조명을 쏘지 않는 것, 그것을 잘할 수 있지만 하지 않는 것이 좋았다. 가끔 무언가를 '밀어붙인다'는 이유로 토하고 있는 여자의 머리채를 잡아서 그 얼굴을 보여주려는 글들을 볼 때가 있다. 그건 그것대로 좋아하기도 하지만 동시에 그런 의문이 드는 것이다. 이 사람 사실 토하는 여자 얼굴 무서워하는 거 아냐? 너무 무서워서 이렇게 쓰는 거 아냐? 여성의 욕망이나 폭력성을 그리기 위해서 그것을 과장할 필요는 없다. 아니 니가 몰라서 그러는데 사실 그건 이렇게 굉장한 것이거든? 이라고 주장할 필요는 없다. 굉장한 것이라면 무서워하지 말고 그 굉장한 것을 굉장한 정도로만 쓰는 것이 좋다고 생각한다. 반복해서 말하는 것이지만 이희주의 이 소설이 그런 선택을 하지 않아서 좋았다고 말하고 싶은 것이다.

소설을 다 읽고 나서는 이 소설이 '무언가를 하고 싶게 만드는 계통의 소설'은 아니라고 생각했다. 걷고 싶게 만들거나 맛있는 것을 먹고 싶게 하거나 사람을 만나고 싶게 하고 모험을 하고 싶게 하고 그런 읽는 사람을 추동하는 소설은 아니라고 생각했다. 내가 특별히 뭔가를 하고 싶어지지는 않았기 때문이다. 그런데 읽자마자 리뷰를 쓰고 있는 것을 보면 이 소설에 대해 이야기하고 싶게 만드는 소설임은 확실하다는 생각이 들었다. 그리고 이 소설을 읽은 사람과는 이런 지점에 관해 이야기해보고 싶다. 1) 중요한 사건들이 환상으로 처리가 되는 것. 2) 중심인물인 지윤의 시점 혹은 다른 면모를 보여주지 않는 것. 이런 지점이 소설 안에서 문제가 되는가 라고 한다면 나는 이런 선택이 역시나 좋았다고 생각한다. 지윤의 시점에서 전개되는 장면들이 없어도 나는 지윤에게 큰 환상이 없는 동시에 지윤의 뒤를 밟게 될 것 같기 때문이다. 이런 이야기를 하다 보면 이야기는 여기서 끝나지 않고 나는 연작이라기보다 한 편의 장편으로 느꼈는데 어땠는지, 후미는 니카이도 후미를 닮았을 것 같지 않은지, 사랑이라고 하는데 정말 대부분의 감정은 오해와 착각에서 성립하는 것이 아닌지 그래서 가짜라는 것이 아니라 성립 조건이 그러한 것 아닌지, 아 그리고 마이와 지은이가 좋았다는 이야기도 이어서 하게 될 것 같다.

추가로 기리노 나쓰오의 『그로테스크』가
흥미로웠던 독자라면 읽어보라고 권하고 싶다. 두 소설이
비슷해서라기보다 두 소설이 공통적으로 가지고 있는 욕망을
품은 개인과 뒤틀린 세계라는 구슬을 소설을 통해 읽어나가는
일이 재미있기 때문이다.

공원에서 호수를 보면 나무는 푸르고 풀냄새는 상쾌하다.
그런데 한 발짝 다가가면 물비린내가 날 것이다. 바람은 불고
시원한데 돌에는 이끼가 껴 있고 부레옥잠의 뿌리는 귀여운
것일까 아니면 더러운 것일까? 이 소설은 내게 그런 느낌인데
고개를 돌렸을 때 이 공원의 호수를 옆 사람이 뭐라고 하게
될지 모르겠다. 아 정말 상쾌하다. 약간 냄새가 나지 않아
근데? 초록색은 좋은데 눈이 시원해지잖아. 잠깐만 입에
하루살이가 들어간 것 같기도 하고.

함께 읽은 책

기리노 나쓰오, 『그로테스크』, 윤성원 옮김, 문학사상사, 2019.
이희주, 『사랑의 세계』, 스위밍꿀, 2021.

177

요정이

_____

그랬음

_____

어느 날 후카시로 준로에 대해 검색하고 있을 때 친구가 메시지로 후카시로 준로 이야기를 했다. 나는 안승준 유고집 『살아는 있는 것이오』를 읽다가 이 사람이 후카시로 준로의 『청춘일기』를 번역했다는 것을 알게 되어 그렇다면 읽어볼까 싶어서 검색하고 있었고 친구는 『티보 가의 사람들』 이야기를 하며 후카시로 준로의 책에서 그 작품을 알게 되었다고 했다. 벤 러너에 대해 검색하고 있을 때 또 다른 친구가 요즘 『토피카 스쿨』이 재미있을 것 같아서 궁금해하고 있다고 말했다. 벤 러너는 오랜만에 에마 클라인 『더 걸스』가 다시 읽고 싶어져, 요즘 이 작가 뭐 하지? 검색하다 에마 클라인과 벤 러너가 함께 나온 기사를 보고 검색하게 된 것이었다.

유미리의 『그 남자에게 보내는 일기』는 기본적으로는 유미리가 쓴 일기인데 일기를 쓰는 동안 유미리는 풀 마라톤을 두 차례 뛰고, 『돌에서 헤엄치는 물고기』 출판금지 가처분 신청을 둘러싼 재판 결과가 나온다.

나는 예정대로 달리는 것을 저항이라고 생각한다. 8년 전, 원고 측 변호인단 대학교수가 내뱉었던, '잘 보고 있어라, 당신을 사회적으로 말살시켜줄 테니까. 이쪽에는 당신 따위는 손쉽게 말살시킬 수 있는 인맥과 힘이 있으니까'라고 하는 말을 분명하게 떠올리며 스타트 라인에 선다. 말살시킬 수 있으면 말살시켜 보시지! 탕! 붉은 재킷을 입은 시장이 피스톨을 발사했다. (358쪽)

"나는 예정대로 달리는 것을 저항이라고 생각한다"는 말이 좋았다. 이 책 속 유미리는 힘 있고 동시에 너무 많은 해야 할 일과 여러 사건 속에서 힘없고 그러나 힘없는 채로 다리를 후들거리며 나아가고 움켜쥐고 휘어잡고 그래서 힘 있고 힘 있다. 이 페이지를 찍어서 SNS에 올리자 후카시로 준로를 이야기한 친구가 이다음 페이지에 윌리엄 사로얀의 이름이 나온다고 말해줬다. 다음 페이지까지 몰입해서 읽었지만 사로얀의 이름은 왜 눈에 걸리지 않았을까. 아마 나에게는 아직 익숙한 이름이 아니어서 그랬던 것 같다. 아무튼 그때 내 손에 있던 책은 당연히도 윌리엄 사로얀의 책 『일주일 내내 햇빛이다』였다. 이런 우연은 대체 누가 만드는 것일까. 그건 다 책요정이 하는 것이겠지? 책의 요정은 이 책과 저 책을 이 책 속 장면을 다른 작가의 이야기로 놀라운 타이밍에 만나게 한다. 그런데 그렇게 쓰고 나면 책을 많이 읽어온 내 친구들이야말로 요정일지도 모르겠다는 생각이 들고 만다. 요정이라기에는 너무 사람이고 커다랗고 언제나 생생하고 만질 수 있고 사람처럼 이야기하지만 말이다.

1
제시카 아우, 『눈이 올 정도로 추운지』
(이예원 옮김, 엘리, 2023)
그리고 그와 함께 생각나는 다른 책들

책 소개를 찾아보면 이렇다.

어느 해 10월 엄마와 딸이 도쿄, 오사카, 교토를 여행하며
나눈 대화, 감정, 기억. 각자 다른 시간에 도쿄에 도착한
두 인물은 함께 저녁 거리를 걷고, 비바람을 피해 조그만
식당에서 식사하고, 미술관과 사찰, 중고 서점에 방문한다.
그동안 둘은 눈이 올 정도로 추운지 궁금했던 일본의
날씨에 대해, 너와 나의 별자리에 대해, 각자 입은 옷과 과거
기억이 응축된 사물들, 또 사람들에 대해 이야기 나눈다.

두 사람은 아마도 북미 지역 어딘가에서 살고 있다.
딸은 그곳에서 태어나 자랐고 엄마는 홍콩 출신으로 다른
나라를 거쳐 그곳에 왔다. 엄마와 딸의 여행을 담고 있지만

소설은 엄마와 딸이라고 말을 뱉자마자 따라오는 감정의 부딪침과 뒤틀림, 진하고 격한 감정을 다루지는 않는다. 그런 순간이 없을 수 있는 걸까? 싶기도 한데 소설은 어딘가 그런 순간이 있었을지도 모르겠는데…… 정도의 느낌만을 준다. 아무튼 두 사람은 싸우지 않는다. 싸우더라도 독자들에게 그 이야기를 해주지는 않는다. 그보다는 함께 걷고 미술관에 가고 그림 앞에 나란히 서서 이 그림이 어땠는지 침착하게 묻고 다른 사람은 그 질문에 진지하게 답한다. 싸우거나 화내고 괴로워하기보다 두 사람은 일본의 거리를 걸으며 눈에 보이는 것들과 서로를 천천히 바라본다. 그런 두 사람이 여행을 하며 집중하는 것은 새로운 경험이라기보다 각자의 기억과 그것이 드러내는 시간들이다. 여기까지 쓰고 나니 '두 사람'이라기보다 '딸'이라고 하는 편이 맞을 것 같다는 생각이 든다. 바라보고 보는 것이 불러일으키는 것들을 조율하여 이야기하는 사람은 딸이고, 이러한 딸의 시선과 기억을 통해 엄마가 어떤 사람인지 독자들은 조금은 알게 된다. 알게 된다라기보다 이런 사람이 아닐까 하는 짐작 정도를 하게 된다. 그래선지 소설에서 가장 인상적이었던 부분은 엄마와 여행 중에 벌어진 일이 아니라 딸이 대학에 입학하여 마주한 사람들에 관한 기억들이었다. 너무나 완벽해

보이는 문학 강사의 집에서 머물던 날들이 지나고 느꼈던 알수 없는 위화감이나 파트타이머로 일하던 식당에서 자신을붙잡아두는 나이 든 남자를 상대하고 나서 느꼈던 감정.

> 그때 느낀 감정을 당시에는 설명할 길이 없었는데, 그
> 사람이 내게서 무언가를 앗아간 기분이었다. 수영장에서
> 홀로 누리는 행복감과 맞닿는 무엇, 그 그림을 보며 느낀
> 기분의 언저리에 있는 무엇을. 이런 것들은 소중했고
> 내게는 아직 신비였는데, 이제 그로부터 내가 더
> 멀어졌음을 알 수 있었다. (111쪽)

이 소설과 크게 상관없는 이야기인데 화자가 무언가를 아는 것 혹은 너무나 모르는 것에 대한 생각을 요즘 종종 하게 된다. 앤 카슨의 『녹스』를 읽다 생각하게 된 것 같은데 『녹스』에서 앤 카슨은 20년 넘게 만나지 못한 오빠의 부고를 듣고 오빠에 관해 남아 있는 것들을 모으고 헤아려보고 기억을 더듬는다. 이 책에서 가장 인상적이었던 것은 앤 카슨이 오빠에 대해 잘 모른다는 것이었다. 그건 가족이라고 해도 20년 넘게 만나지 못했고 연락도 없던 사람이므로 당연한 것인데 커다란 모르는 것과 얼마 되지 않는 남아

있는 것들을 다루는 순서와 방식이 왜 이런 형태였을지에 대해 생각하게 하기 때문인 것 같다. 아마도 50이 넘어 죽은 오빠가 사랑하던 소녀에 관한 이야기가 작품 내에서 여러 번 등장하는데 오빠는 이 소녀를 언제 만났고 소녀는 언제 죽었고 오빠는 그 이후 어떤 여자들을 아마도 소녀는 아니었을 여자들을 만났을까. 아니면 나이 들어서까지 옆에 다른 여자들이 있음에도 첫사랑을 잊지 못한 채 소녀를 사랑해왔을까. 앤 카슨은 그 대부분의 것을 모르는 것 같지만 동시에 아는 것을 말하지 않는 것도 같다. 소녀와 함께 기억되는 오빠는 젊고 아름다우나 오빠의 마지막을 함께한 여자는 어딘가 오빠에게 그 정도로는 중요하지 않은 그저 어쩌다 그곳에 있던 사람처럼 보이기도 한다. 어쩌면 나는 이 작품을 소설로, 앤 카슨을 소설 속 화자처럼 받아들이고 있는 것도 같다. 다음 페이지를 넘기면 오빠와 마지막을 함께한 여자의 시선으로 이야기는 전개되고 사실 그것이 훨씬 읽을 만하다는 생각을 하며 앞선 챕터의 화자를 크게 신뢰하지는 않는 방식으로 이 책을 읽게 되기 때문에. 오빠와 마지막을 함께한 여자의 시선으로 전개되는 이야기 속 오빠는 평범하게 지긋지긋한 사람일지 모른다. 그래서 어떤 면에서 여동생과 여자는 한 테이블에 마주 보고 앉을 필요가 있다는 생각도

들어버리고 만다. 내가 이 작품을 이렇게 받아들이는 것은
사실 이 작품을 제대로 이해하지 못한 채 이 작품이 가지는
여러 의미를 뭉개는 방식일 것이다. 하지만 그런 방식으로
『녹스』에 대해 이야기하고 싶다. 어째서 모르는 것에 대해
여러 단어와 의미들을 가져오며 독자들에게 읽기 불편한
방식으로 쓰고 그렇게 만들 수밖에 없는가. 분명 그런
방법으로만 만들 수 있는 하나의 세계가 있을 것이다. 나는
거기에 큰 의미나 가치가 있다고 생각하는 독자는 아닌 것
같고 그것보다는 조금 평범하게 이 책을 (아니 대부분의
책을) 대하고 읽고 이야기하고 싶다고 생각하게 된다. 전혀
특별하지 않지만 누군가에게 특별해질 수도 있는 세상의 모든
책과 다를 것 없는 책으로 말이다.

　　　제니퍼 크로프트의 『집앓이』도 가족의 어느 한때, 자신과
여동생의 짧았던 한때를 그리고 있는 소설이다. 그것이
한때이며 우리는 흘러가버리고 만다는 것이 책장을 넘기며
점점 명확해진다. 이 책 역시 화자에 대해서는 독자들이
입체적인 인물로 받아들일 수 있지만 여동생에 관해서는
읽을수록 어떤 사람인지는 알 수 없어진다. 소설의 끝부분에
이르면 정말로 여러 상황상 여동생이 어떤 사람일지 알 수

없게 되어버리고 그 알 수 없게 되어버리는 상태에 관한 화자의 탄식을 책을 덮고도 종종 반복해서 떠올리게 된다.

우리(=화자와 저자와 독자 우리 모두)에게는 이미 너무나 멀어진 사람의 손을 붙잡을 힘과 용기가 있는 것일까요? 그런 질문을 던져보지만 자신 있게 대답하기는 힘들다. 하지만 내가 소설에서 보고 싶은 것은 종종 그런 것인 것 같다. 늘 그렇지는 않더라도 때로는 말이다. 아니 그런데 사실 그런 식으로 말하고 나니 어딘가 화가 나는데 그러니까 그게 아니라 내가 실제로 해내고 싶은 것이 그것인 것 같다. 거절과 괴로움을 각오하고 상대에게 말을 걸기 그리고 듣기 그리고 반응하기. 그렇다면 소설에서는? 어쩌면 소설에서는 해내지 않아도 좋다. 하지만 나는 어떤 면에서는 소설과 현실이 크게 다르다고 생각하지는 않는다. 그렇다면 소설 역시 같은 것을 다른 방식으로(어쩌면 같은 방식으로?) 해내야 할 것 같다. 그게 뭘까 잠깐 생각.

『눈이 올 정도로 추운지』 이야기로 다시 돌아가면, 그래서 이 소설 속 어머니가 어떤 사람인지 잘 모르겠다는 이야기를 하려는 것은 아니다. 그보다는 이건 딸의 이야기이고 딸이 기억을 다루는 방식에 집중하고 있는 이야기이다. 그래서 「작가의 말」에서처럼 어떤 이야기를 하고 있는지보다 말하지 않는 것을 살피며 읽을 때 더 흥미로운 이야기일 것이라고 생각한다.

처음 이 책을 펼쳤을 때 두 사람의 여행기가 내가 머릿속으로 그린 평범한 여행의 순서대로 진행되지 않는다고 느꼈던 것이 책을 다 읽었을 때쯤 다시 떠올랐다. 왜 공항에서 숙소로 바로 가지 않았을까? 공항에서 나와 큰 가방을 들고 바로 전철을 타고 미술관에 가는 것은 너무 피곤한 일 아닌가. 그리고 미술관을 하루에 너무 여러 곳 가는 것 아닌가 싶기도 했는데 다 읽고 생각해보니 어쩌면 숙소에 들렀을 수도 있고 중간에 쉬었을 수도 있고 이날은 다른 날일 수도 있다는 생각도 든다. 그런 식으로 자신의 목소리가 흐르는 속도와 방향으로 소설이 진행되는 것 같다는 생각이 들었다.

그러고 보면 고유명사를 거의 쓰지 않는다는 점도 인상적이었다. 엄마와 딸의 일본 여행이라는 책 소개를 보고 읽기 시작해서인지 너무나 고유명사가 나와야 할 때인데 고유명사는 나오지 않는 것이 시작부터 의아하다고 해야 할지 신기하다고 해야 할지 그랬다. 고유명사가 나오지 않는다는 것을 일단 의식하게 되니 읽다가도 한 번씩 이유에 대해 생각해보게 되었다. 저자의 의도는 알 수 없지만 그와 별개로, 고유명사를 쓰지 않고 일본 여행에 대해 쓰는 것은 한편으로는 일본적임을 어떤 방식으로 다룰 것인가 하는 것과도 조금 연결되는 것도 같다고 생각했다. 우에노 공원과 모리 타워를 공원과 고층 타워 건물로 부를 때 쉽고 강력하게 이곳으로 가져올 수 있는 도쿄와 일본의 도시와 거리의 정서 등이 거리를 두고 어딘가 좀 더 먼 곳에 놓이는 것 같다. 하지만 이 거리를 통해 어떤 정서를 섬세하게 만들어낼 수도 있을 것이다. 일본 혹은 도쿄나 교토 정도의 지명만이 전제된 소설 속 공간은 덜 구체적이고 덜 개별적이다. 도시와 거리와 공원 정도로만 그려지는 공간을 걷는 두 사람은 어떤 도시를 걷는 여행자로만 느껴지기 때문이다. 한편으로는 소설 속 엄마와 딸은 여행자이고 일본에 익숙하지 않기에 공원은 공원이고 철도는 철도, 거리는 거리인 것도 같다. 동시에 여행자이기에 우에노라는 말을 의식적으로 반복해서 연습해볼 수도 있다.

이름에 대해서도 잠시 생각했는데 여기서 이름을 가진 존재는 내 기억으로는 로리뿐인 것 같은데 엄마는 엄마 언니는 언니 남자는 남자이고 강사는 강사인데 로리는 왜 남편이나 배우자나 연인이 아닐까? 로리는 화자에게 개별적이고 독보적인 존재일 텐데 그러나 동시에 남편이나 연인이 엄마나 언니처럼 엄마엄마 언니언니 하게 되는 것 같지도 않다. 엄마는 엄마고 언니는 언니인데 다른 누가 그렇게 될 수 있겠는가. 모르겠다. 시간이 지나면 달라질 수도 있겠지만. 아무튼 상관없는 이야기지만 가끔 자기 이름을 들여다보면 어느 순간 낯설고 웃기게 느껴지기도 한다. 박솔뫼 박솔뫼 솔뫼 솔뫼 씨 솔뫼 씨 나는 보통은 솔뫼 씨가 익숙한데 한 친구는 솔뫼 씨라고 늘 솔뫼와 씨를 띄워서 부르고 그러면 나는 꼭 속으로 아 솔뫼-씨네 솔뫼-씨 하고 다시 불러보게 되는데. 성과 이름과 이름 뒤에 붙는 것들을 생각하다 다시 솔뫼 박솔뫼 솔뫼-씨 해보면 암튼 약간 어색하고 이상하고 웃긴 내 이름과 이름들.

2
김홍, 『엉엉』
(민음사, 2022)

친구와 공항에 대한 이야기를 하다가 책을 펼치자 나온 페이지가 아래 페이지였다.

3시에 비행기가 도착하는 건지, 수속을 마치고 나오면

3시쯤일 테니 맞춰서 오라는 건지 애매했다. 나라면 2시에 도착하는 비행기를 탔을 때 3시쯤이라고 말할 것 같았다. 상대를 기다리게 하는 건 초조하고 미안한 일이니까.

(34쪽)

공항 이야기를 하고 책을 펼치자 공항 이야기가 나오다니. 요즘 나에게 요정들이 자주 나타나는 것 같아요. 계속 요정들의 존재를 느끼며 살아가고 싶군요. 암튼 『엉엉』을 어떤 소설이라고 말할 수 있을까. 어떤 사람들에게 본체라는 존재가 나타나고 그들은 원래 있던 사람들에게서 뭔가를 가져가기도 하고 본체들끼리 모여 존재를 드러내기도 하고 그러던 와중에 본체가 나타난 사람 중 한 명인 화자는 본체 때문에 갖가지 일들을 겪게 되고 언젠가부터 눈물이 멎지 않아 계속 울게 되고 울다 보니 비가 내린다. 하도 울어서 화자의 눈이 짓무르는데 여기까지 읽다가 이사를 준비하느라 짐을 싸야 했는데 이게 너무 지치고 힘들어서 나도 울고 엉엉 울다가 진정을 조금 하고 다시 책을 펼쳤다. 울고 나서 우는 소설 읽으려니 힘이 빠지는 느낌이었는데 그 힘 빠짐이 나쁘지 않고 이 소설과 어울리는 상태 같기도 했다.

사실 이 소설에 대해 다른 방식으로 이야기할 수

190

있을 것도 같다. 이 소설이 포착하고 있는 지금 사회의 모습이라든가 본체라는 존재가 가지는 의미라든가 모두 이야기해볼 법한 내용인데 왠지 이 소설에 관해서는 그런 방식의 서술을 하려고 해도 약간 김이 샌다고 해야 할까 풀이 죽는다고 해야 할까 그런 면이 있다. 여기에 관해서는 발문을 쓴 강보원의 의견에 동의하게 되는데 뭔가 현실을 포착하여 비판적으로 그려내는 소설이라 말하기도, 언어나 형식에 애착이나 자의식을 가지고 쓴 소설이라고 하기도 (물론 소설에 다른 여러 길이 많지만) 어느 쪽도 아닌 느낌이라 그런 지점에서 보자면 『엉엉』은 뭐라고 말하기 약간 까다로운 소설인 것 같다.

김홍 소설의 근본적인 난처함이 여기에 있다.

(…)

김홍이 가고자 하는 곳은 말을 통해 소통하고 사람들의 심금을 울리는 문학의 세계도 아니고, 말이 갖는 권력에 저항하며 아우라를 획득하는 문학의 세계도 아니다.
(222~223쪽)

그리고 무엇보다 화자…… 아니 사실 이건 작가의
목소리처럼 들리는데 소설을 움직이는 (분명히 움직이고는
있는데 소설을 움직인다고 하기에 좀 의욕 없게 들리는)
목소리가 꽤 수줍고 조금 심드렁하고 약간 의욕 없는 편인데
그 모든 특징이 합해지니 나름 묘하게 힘없이 힘을 발하고
있었고 그 점이 재미있었다. 그와 동시에 그런 목소리의
성격이 의외로 뭐라 규정짓기 힘든 목소리라 '이 소설은 이런
소설입니다'라고 말하기보다 그냥 음…… 그러시구나……
싶어지면서 고로쇠 물이나 좀 어떻게 나눠달라고 하고
싶어진다. 나는 뭔가를 읽고 나면 잘 몰라도 꽤 단정적으로
이것은 이런 소설이다 이 소설은 이렇다 라고 말하는
편인데도 그랬다.

그렇다 보니 이 소설을 읽으며 오히려 자주 생각했던
것은 내가 지금 하고 있는 '서평 쓰기'라는 작업에 대한
것이었다. 이런 식으로 길게 서평을 써본 적은 처음이라
작업을 진행하며 새롭게 배우게 된 것들이 없지 않은데 그중
가장 강하게 느꼈던 것이 있다면 어떤 소설을 재밌거나
좋다고 느끼는 것과 어떤 소설에 대해 이야기하는 것이 꼭
같이 가는 게 아니라는 것이다. 물론 어떤 소설이 너무너무
좋다면 아 진짜 좋아요! 라고 어떤 식으로든 이야기하게

되겠지만 꽤 좋지만 오 좋네요 이상으로 더 무슨 이야기를
해야 할지 잘 모르겠는 소설이 있고 그리 좋다고 느끼지는
않지만 상대적으로 이야기하기 쉬워 보이는 소설들이 있다.
말하고 나니 조금 치사스러운 얘기처럼 느껴져서 관두고
싶어지기도 하는데. 아무튼 좋지만 좋네요 이상으로 달리
뭐라 말해야 할지 잘 모르겠어서 오랜 시간 생각해보아야
하는 소설들은 상대적으로 덜 다뤄지는 것이 아닐까 하는
생각을 잠시 했다. 뭐 그런 이야기인데 이 생각을 오래 하지는
않겠지만 뭔가…… 뭐랄까. 이런 생각을 할 때 쉽기만 한
건 역시 재미없고 좀 치사스럽게 느껴진다. 쉽냐 아니냐는
중요한 게 아니고 일단 재미가 중요한데 뭐든 재미있는 것을
그것이 요구하는 힘과 마음으로 마주하며 해보고 싶다는
생각을 했다. 매번 가능하지는 않더라도 말이다.

아무튼 『엉엉』의 좋음도 그에 걸맞은 말로 많이
이야기해보면 좋을 것 같다는 생각을 했다. 좀 심드렁하고 풀
죽은 그런데 또 나름 끈질긴 좋음. 아래 인용한 부분은 따로
떼어두는 것보다 소설 안에서 봐야 좋지만 옮겨두고 싶었다.

"그것만 기억해요. 내가 분명히 경고했다는 거."
"알겠어요. 기억할게요."

"하지만 당신이 잘못되면 도와줄 거예요." (165쪽)

3
나일선, 『우린 집에 돌아갈 수 없어』
(문학과지성사, 2023)

시작부터 루이스 부뉴엘이 나오고 소설 속 사람들은 극장과 거리 때로는 카페에서만 사는 사람들 같고 수많은 감독과 배우들의 이름이 나오지만 사실 이 이름들이 소설을 읽는 데 크게 중요한 것 같지는 않다. 『우린 집에 돌아갈 수 없어』를 읽으며 생각한 것은 이런 것인데, 그러니까 처음 소설을 쓰기 시작할 때쯤이었나 좋은 소설을 읽으면 너무 뭔가 쓰고 싶어지지만 그 소설을 내가 쓰는 소설로 출력하기는 어려운데 재미있는 영화를 보면 왜 소설로 출력이 되는 것만 같을까 정말 신기하다 하는 생각을 종종 했던 것. 같은 장르 작품의 영향을 흡수하고 표현하기 어렵다는 것으로 정리될 이야기이기는 한데 그것보다는 듣고 보았던 '어떤 것'에 다가가는 기분이나 상태 같은 것을 소설을 읽으며 생각했다.

『우린 집에 돌아갈 수 없어』에 실린 소설들은 읽고 듣고 스치는 것들에 대해 자신이 할 수 있는 반응을 보여주는데 이 반응들은 어떨 때는 뛰쳐나가는 것 같고 어떨 때는 의외로 차분하고 어떨 때는 출렁거린다. 사실 나일선의 소설뿐만이 아니라 어떤 면에서 모든 소설은 다른 소설(혹은 다른 작품들?)에 대한 반응일지도 모르겠다. 다만 나일선은 꾸준히 매번 처음처럼 하고 있다는 것? 아무튼 아래 문장에는 나도 조금 반응하고 싶어졌다.

눈 뜨면 오키나와였음 좋겠어. 바닷소리가 들려? 응. 햇빛이 느껴져? 응. 눈 떴어? 아니 뜨고 싶지 않아. 기억하지 않아도 볼 수 있다고 했잖아. 오키나와가 아니라면 뜨지 않을 거야. (44쪽)

왠지 내가 썼을 것도 같지만 절대 내가 쓰지 않은 여름과 오키나와 이야기. 이런 것이 좋았다. 아마 나라면 어떻게 썼을까 잠시 생각해봤는데 나라면 이렇게 쓸 것 같다.

눈 뜨면 오키나와였음 좋겠어. 눈을 안 뜨면? 눈을 안 뜨면 계속 오키나와인 거지. 그러다가 잠이 들고 그러면 꿈에서 어딘가로 가는 건가. 엄청나게 가깝고 커다란 구름 아래로 걸어가는 건데 햇볕은 따갑고 우리는 걷지 않고 걷다가 앉음. 뭔가를 마심. 마시는 빨대에 뭐가 보이는데? 그게 뭐지 생각하면 눈을 떠버린 거지.

그러니까 이렇게 1년이 지나가버린 거지. 눈을 뜨니 1년이 지나가버렸다. 이번 글은 왠지 조금 흐물흐물한 것도 같은데 그건 내가 이사로 지치고 힘이 든 상태이기 때문인 것 같다. 하지만 힘이 없을 때는 없는 힘으로 그 나름의 무언가를 해버릴 수도 있겠지? 그런 기대를 해본다. 1년간 쓰는 동안 '너나 잘하지 그러냐' 하는 목소리가 안 들린 것은 아닌데 그런 목소리를 설득하는 방법이 내게도 없지는 않다. 종종 그런 방법을 쓰며 썼다. 아무튼 쓰는 동안 재미있었다. 중간중간 읽어준 요정들(이렇게 말하면 질색을 할 것 같네요)에게 감사를. 뭐 그와 별개로 책요정은 정말로 어떤 형태로든 어디에든 있는 것 아닐지. 모두에게 책요정의 축복과 만남이 찾아오기를.

함께 읽은 책

로제 마르탱 뒤 가르, 『티보 가의 사람들』, 정지영 옮김, 민음사, 2000.

벤 러너, 『토피카 스쿨』, 강동혁 옮김, 문학동네, 2022.

안승준, 『살아는 있는 것이오』, 삶과꿈, 1992.

앤 카슨, 『녹스』, 윤경희 옮김, 봄날의책, 2022.

에마 클라인, 『더 걸스』, 정주연 옮김, 아르테, 2016.

윌리엄 사로얀, 『일주일 내내 햇빛이다』, 박미경 옮김, 혜윰, 1998.

유미리, 『그 남자에게 보내는 일기』, 송현아 옮김, 동아일보사, 2004.

제니퍼 크로프트, 『집앓이』, 이예원 옮김, 밤의책, 2022.

후카시로 준로, 『청춘일기』, 안승준 옮김, 현대미학사, 1994.

사와자키와

살아가기

2023년 5월 하라 료가 세상을 떠났다. 1946년생이니 향년 78세. 막연하게 하라 료의 신작을 몇 권은 더 읽을 수 있겠지 생각했다. 아무런 의심 없이 그렇게 생각해왔다는 것을 하라 료가 죽었다는 기사를 보고 깨달았다. 이제 하라 료가 사와자키를 통해 보여주었던 새로운 원칙과 관용의 세계를 만날 수는 없다. 물론 우리에게는 그가 남긴 소설이 있고 소설을 펼치면 곧 탐정 사무소의 문을 열 수 있지만.

　　하라 료는 젊은 시절 도쿄에서 살았지만 고향인 사가현으로 돌아간 뒤 줄곧 그곳에서 소설을 썼다. 도쿄에 살았을 때부터 신주쿠를 오가며 이곳에서 일을 하는 탐정이 있다면 같은 생각을 했던 것일까. 사와자키는 어디서부터 시작된 것일까. 하라 료의 어디에서 사와자키는 움튼 것일까. 그런 생각을 하다 보면 사가현에 살면서 줄곧 도쿄 니시신주쿠를 배경으로 소설을 쓰는 것에 대해 이어서 생각해보게 된다. 이전에는 그게 어떤 일일까 와닿지 않고 막연하게만 여겨졌는데 요즘에는 어쩌면 규슈와 도쿄라는 거리가 소설에 긴장감을 주었을지도 모르겠다는 생각이 들었다. 문을 열고 나가 보이는 것을 소설에 쓴다고 그것이 생생한 것이 될 리는 없기 때문에. 하라 료는 필요하지 않은 것을 쓰지 않을 수 있었다는 생각, 그 거리를 통해 필요한 것이 어떤 것인지 판단할 수 있었을 것이라는 생각을 했다.

그런 식으로 할 일들을 하며 종종 하라 료를 생각하며 걷고 또 일을 하고 다시 걸으며 2023년을 보냈다. 11월에는 도쿄의 진보초에서 열린 한국 책 행사에 구경을 하러 갔다. 하라 료의 책이 나온 하야카와 출판사 코너를 발견하고 하라 료에 관해 물었다. 정말로 남겨둔 원고가 없는 걸까요? 담당자분은 과작으로 유명한 분이고 문장에 엄격했기 때문에…… 라고 말했다. 그 말을 들었지만 그럼에도 책상 어딘가에 남은 원고 뭉치 같은 것이 없는 것일까 하는 생각을 했다. 12월이 되고 한 해가 이렇게 가는구나 라는 생각을 하다 올해는 어떤 해였더라 이런저런 일들이 있었고 이런 이야기를 했었고 이런 일이 있었어 나에게 그러나 대부분 뭐라고 잘 설명이 안 되는 흐름과 움직임이었다. 한 해를 돌이켜보면 여러 일들과 많은 순간들이 있었지만 그럼에도 2023년은 하라 료가 죽은 해라는 생각이 들었다. 죽었다는 말이 가장 정확한 말일지 서거와 세상을 뜨다 영면 같은 단어도 떠올랐다. 영원히 잠든다는 뜻인 영면이라는 말이 더 좋을 것 같다는 생각도 들었다. 사와자키와 함께 연말을 보내는 것도 괜찮을 것 같았다. 사와자키의 사무실은 니시신주쿠이고 소설 속 대부분의 배경도 사무실 인근이다. 내게 신주쿠는 크고

정신없는 곳이라 되도록 돌아서 가는 곳 중 하나인데 하라
료에겐 어땠으려나 하라 료가 오가던 때의 신주쿠는 지금과
많이 달랐을 테니까 괜찮았으려나 생각하면서 신주쿠로
향했다.

사와자키 사무실의 위치는 니시신주쿠 인근으로
정확한 위치를 그가 말해준 적은 없지만 소설 속 묘사로 대략
니시신주쿠 7초메 혹은 8초메 어딘가가 아닐까 생각한다.
나루코텐 신사 근처에 신주쿠 경찰서와 멀지 않은.

"아저씨, 니시신주쿠 '나루코텐 신사' 근처에 있는 탐정
사무소에서 왔어요?"
"맞아……. 어떻게 알지?"
"알아요. 작년에 우리 친구 고지가 집을 나갔을 때 마사시가
아저씨 탐정 사무소에 부탁해서 찾자고 해서 그 건물
앞까지 간 적이 있어요. 그렇지만 무서워서 그만두었죠.
고지가 이튿날 돌아와서 부탁할 일도 없어졌지만."
—「소년이 본 남자」, 『천사들의 탐정』, 43쪽.

겨울 밤의 해는 일찍 지고 오후 5시가 되기 전이었는데도

신주쿠역을 빠져나와 본 거리는 어둑했다. 관광객들은 오모이데요코초로 향하고 역 부근은 아니 신주쿠는 신주쿠역에서부터 오가는 사람들로 정신없었는데 니시신주쿠 쪽을 향해 걸을수록 거리는 한산해졌다. 이건 명동을 걸을 때도 늘 비슷하게 느끼는 것 같다. 명동역에서 나와 메인 거리 한두 군데만 사람들로 정신이 없고 그곳을 빠져나오면 걸을 만해지는. 의외로 몇 분 걸으면 한산해지고 천천히 본래 페이스를 찾게 되는. 역에서 빠져나오자마자 사와자키가 「소년이 본 남자」의 소년 의뢰인 마사시와 마주치는 쇼핑몰이 보였다. 좀 더 걸으면 신주쿠 경찰서가 보이고 두 블록쯤 더 걸으면 도쿄 의과대학병원이 보인다. 아마 하라 료의 소설 속에 종종 등장하는 병원이 이곳이 아닐까 생각했다. 경찰서는 신경 써서 보지 않으면 스쳐 지나가게 되는데 병원은 크고 환한 현대식 건물이라 저 건물이 뭘까 하고 걸음을 멈춰 보게 된다. 병원을 지나 나루코 신사를 향해 가는 길은 신주쿠 도심에 비해 조용하지만 그렇다고 소설 속 묘사처럼 오래되고 어쩐지 허물어질 것 같은 건물이 있을 법한 느낌은 아니다. 의외로 평범하다는 생각도 들었다. 그보다는 어떤 거리 감각에 대해 생각했는데 이곳 어딘가에 사와자키의 탐정 사무소가 있고 길을 건너

저편에 신주쿠 경찰서가 있다는 것. 걸어서 5분 걸릴까 말까 한 곳에 경찰서가 있고 사와자키의 선배랄지 동료랄지였던 와타나베는 그곳에서 니시고리와 오래 근무했다. 와타나베가 탐정 사무소를 차리고 이후 사와자키와 함께 일하고 일련의 사건으로 와타나베가 사라지고 사와자키 혼자 남게 된다. 사와자키는 신주쿠 경찰서에서 와타나베가 벌인 문제로 오래 조사를 받고 이후 니시고리와 시도 때도 없이 부딪친다. (글쎄 그런데 이게 부딪치는 것이라고 설명하는 게 맞을까.) 와타나베가 일했고 지금은 니시고리가 남은 신주쿠 경찰서는 와타나베가 일했고 이제는 사와자키가 남은 탐정 사무소와 지나치게 가깝다. 물론 이 거리감이 익숙해질 수도 있는 문제지만 동시에 사와자키와 니시고리가 서로에게 상상 이상으로 육박해오는 존재라는 생각을 했다. 그리고 사와자키는 그런 압박해오는 존재들과 늘 함께해왔다는 것.

나루코 신사 주변은 조용했다. 밤의 신사를 걷다 나와, 왔던 길을 되짚어오다 보니 가던 길에 들어갈까 말까 했던 카페 간판이 보였고 카페 간판 옆으로 보이는 건물 이름은 와타나베였다.

왔던 길을 다시 걷다가 오쿠보역을 향해 걸었다. 최근

허우 샤오셴의 영화 〈밀레니엄 맘보〉를 다시 봤다. 그의
다른 대표작들과 마찬가지로 이 영화 역시 주톈원과 함께
작업한 작품이다. 그러고 보면 이전에는 아 이 영화가 좋구나
라고 생각했지 주톈원을 의식하지는 않았던 것 같은데 다시
〈밀레니엄 맘보〉를 보니 이런 각본을 쓸 수 있는 것 이렇게
함께 오래 작업할 수 있는 것은 정말 굉장한 일이라는 생각이
들었다. 그런 생각을 하며 주톈원이 쓴 『허우 샤오셴과 나의
타이완 뉴시네마』를 조금씩 읽었다. 주톈원과 허우 샤오셴의
인연은 1983년 진곤후 감독의 전화에서 시작한다. 진 감독은
주톈원이 쓴 소설 『소필적고사』를 읽고 영화화하고 싶어
만나자고 요청했고 주톈원은 당시에 영화계 사람들은 조금
수상하다고 생각해 여러 사람에게 상담한 후 잔뜩 긴장한
상태로 정장 차림에 하이힐을 신고 나갔다. 그러나 막상
만나보자 예상과는 달리 진 감독과 허우 샤오셴은 성실한
인상이었고 주톈원은 영화화 승낙과 함께 그들의 요청대로
각본을 담당하게 된다. 진 감독의 이 영화로 허우 샤오셴과
주톈원은 만나게 되었고 이후 허우 샤오셴의 대부분의 영화
각본은 주톈원이 담당하게 된다.

　　〈밀레니엄 맘보〉에 관한 이야기는 「도쿄의 집―오쿠보역
앞 갑룡각과 〈밀레니엄 맘보〉」 챕터에 자세히 나오는데 영화

속에서 서기가 묵는 호텔이 실제로 허우 샤오셴이 도쿄에
오면 늘 묵는 도쿄의 집과 같은 호텔이라는 이야기였다. 허우
샤오셴이 묵던 호텔은 오쿠보역 앞의 시티호텔 갑륭각이라는
곳으로 〈희몽인생〉 준비를 위해 스태프들과 도쿄에 간
1991년부터 줄곧 도쿄에 오면 이 호텔에서 묵는다고
했다. 91년에 그들은 토에이 스튜디오에도 들르고 영화
아카이브에서 필요한 자료도 살펴보았다. 벚꽃이 만개하던
시기로 가는 곳마다 눈보라 같은 벚꽃 안에 있었다고.
주톈원은 처음으로 그리고 그때는 몰랐지만 마지막으로
부모님과 여동생과 여동생의 남편 그리고 조카 몬몬과 함께
여행을 하고 이 호텔에서 묵게 되었다. 부모님은 오사카에서
교토, 나라를 여행하고 도쿄의 이 호텔에 합류하였다. 그리고
그때 다섯 살이었던 몬몬은 20년 후에는 주톈원과 함께
〈자객 섭은낭〉 각본을 쓰게 된다. 호텔에는 영화 스태프와
일행들뿐이어서 모두 가족 같았다고. 그 후로도 허우
샤오셴은 도쿄에 올 때면 이 호텔에 묵고 그와 그 일행이
예약을 하면 호텔에서는 늘 싼 가격에 〈밀레니엄 맘보〉의
비키가 묵었던 408호를 예약해준다고 한다. 그리고 〈밀레니엄
맘보〉에서처럼 그가 올 때면 늘 과일을 깎아서 방에
놓아준다고 했다.

이런 이야기를 읽고 호텔을 예약했지만 구글 맵 리뷰에는 여성 혼자라면 절대 추천하지 않는다는 리뷰와 들어가자마자 참기 힘들어 그냥 나와버렸다는 리뷰가 있었고 나는 그럭저럭 중립적인 느낌의 평범하게 오래되고 낡은 호텔이라는 평 정도 아닐까 생각하며 오쿠보역을 향했다. 사와자키의 사무실이 있는 니시신주쿠는 그저 조용한 느낌이었는데 오쿠보역을 지나 호텔까지 가는 길에는 순찰을 도는 경찰을 여섯 명쯤 보았다. 가게 주인과 이야기하는 두세 명의 경찰과 자전거를 타고 순찰을 도는 경찰 셋과 가게 밖에서 담배를 피우며 주변을 살피는 사람들을 보며 탐정은 이곳에 더 필요한 거 아닌가 생각하다가 걸음을 멈춘 벽에는 기다렸다는 듯이 탐정을 찾으십니까 라는 문구가 적힌 포스터가 연달아 붙어 있었다. 호텔은 한두 시간 이용이 가능한 러브호텔에 가까운 호텔이었는데 막상 들어가자 담배 냄새 빼고는 그저 평범하게 낡고 오래된 호텔이었다. 생각해보면 보통의 관광객이라면 여기에 굳이 숙박을 하지 않을지 모르겠다는 생각을 했다. 그러니 러브호텔이 될 수밖에 없지 않을까. 영화에서와 같은 방 구조에 앉아 왠지 긴장하며 노트북을 펴고 뭐라도 할까 생각을 하다 관두고 씻고 잠이 들었다. 영화에서처럼 열차가 지나는 소리가 들렸고 어디선가 다른 호실에서 이야기하는 소리가 잠결에 들렸다.

　다음 날 아침 일어나 체크아웃할 때 호텔을 보니 전날 밤보다는 환하고 밝아 보였다. 어젯밤에는 왜 그렇게 긴장을 했을까 잠깐 생각을 하다 다시 전날 밤 걸었던 길을 되짚어 걷다가 방향을 바꿔 도쿄도청을 향해 걸었다. 도쿄도청은 하라 료의 데뷔작『그리고 밤은 되살아난다』작품 후반부에 등장하는 장소인데 막상 가보니 생각했던 것보다 훨씬 커서 이런 곳을 떠올리며 소설을 쓴 것이었구나 하고 소설 속 장면들을 겹쳐보며 걸었다. 실제 도쿄도청 근처에는 소설 속 도신 미술관을 떠올리게 하는 솜포 미술관도 나란히 있어 이런 건물을 들어가는 것으로 전개되는 소설을 쓰는 일에 대해 생각했다. 미술평론가이자 기업의 대표인 사람이 어떤 말로 대화를 시작할까. 전직 소설가인 도지사는 어떻게 악수를 하는 것일까 같은 것을 생각했다. 그런데 그런 식으로는 쓰는 자신을 납득시킬 수는 없을 것 같다. 그보다는 처음 사와자키를 찾아온 주머니에 손을 감춘 사내의 눈빛과 어깨 같은 것에서 그 사람의 이야기에서 많은 것들이 설득이 될 것이다.

　이후에 찾아본 기사를 보니 하라 료는 지도를 펼쳐놓고 소설을 썼다고 한다. 그러다 종종 신주쿠 거리의 현재 모습이

궁금하면 19년째 담당이었다는 편집자가 촬영해 사진을
보내기도 했다고. 2018년 출간된 『지금부터의 내일』이 그의
유작이 되었지만 실은 속편을 쓰고 있었다는 이야기가 기사¹
끝에 나와 있었다. 아마도 『지금부터의 내일』의 '가이즈'일
동일본대지진에서 구사일생으로 살아난 청년이 아버지의
죽음에 관한 의혹을 사와자키에게 의뢰한다는 내용이었다고.
제목은 『그 후의 어제それからの昨日』²로 『지금부터의
내일それまでの明日』과 한 쌍을 이루고 있다. 이것을 읽는다면
더없이 기쁘겠지만 하라 료가 새로운 장을 펼쳐서 그곳에
손을 올려두고 있었다는 것을 생각하는 것으로도 충분하다는
생각이 들었다. 담배 냄새가 나는 마른손을 새롭게 펼친 장에
올려두었다는 것으로 말이다. 안녕 사와자키 안녕 긴 잠이여.

- https://www.tokyo-np.co.jp/article/259343
-- 이 작품은 『미스터리 매거진ミステリマガジン』 2023년 9월호 중 하라 료
추도 특집편에 실렸다.

함께 읽은 책

주텐원, 『허우 샤오셴과 나의 타이완 뉴시네마侯孝賢と私の台湾ニューシネマ』, 竹書房, 2021.

다시, 여름

초여름 어딘가에 몸을 기대는 느낌으로 시간을 보내고 있는데
어느 때는 여름을 가로지르는 느낌으로 무릎을 굽혔다 펴고 일어나
기지개를 켜듯 팔을 쭉 펴보기도 하고
아침의 공원을 뛰거나 수영장을 오가거나 도서관에 앉아
뭔가를 읽다가 고개를 들 것이다.

브라우티건적인 _____

것은

_____

어제는 일을 마치고 이전처럼 역으로 가지 않고 반대편을 향해 계속 걸었다. 처음 가본 길이었다. 그렇게 걷다가 본 것은 가방과 옷을 만들어 팔기도 하는 옷수선집과 커다란 호박을 파는 청과물 가게와 카페 몇 군데였다. 왜인지 여름이 시작될 무렵에는 쉽게 잠들지 못할 때가 종종 있어서 늦은 시간에는 커피를 줄이려고 하는데 처음 걷는 길과 골목 아직 친해지지 않은 그렇지만 알고 싶어지는 간판들을 보다 보니 들떠서인가 마음먹은 것과 다르게 어느샌가 카페로 들어가 메뉴를 살피게 되었다. 주인은 블렌드가 두 개인데 현재 가능한 것은 하나라고 했다. 블렌드 두 개 중 하나는 손으로 가리고 나머지 하나만 다른 손으로 가리키며 지금 되는 것은 아래 이거예요. 말하고 나는 두 개인데 한 개가 안 된다니 결국 하나만 된다는 이야긴가 생각하면서 그 하나가 뭐라는 건가 설명을 듣는데.

진한 맛에 가깝고. 니카라과와 코스타리카를 섞은 것인데요.
브라우티건이요?
네, 브라우티건.

주인이 현재 가능하다고 한 메뉴 이름은

브라우티건이었고 원래는 가능하지만 오늘은 안 된다고 한 메뉴는 버로우즈였다. 다른 브라우티건을 알지도 못하지만 브라우티건이라고 듣자마자 바로 작가인 브라우티건인가요 묻고 주인은 끄덕이며 브라우티건을 읽은 적이 있느냐고 웃으며 묻는다. 무척 좋아한다는 말에 그는 어떤 작품을 좋아하느냐고 물었다. 나는 그…… 수박…… 그러니까…….

아, 『워터멜론 슈거에서』요.

그는 생각하시는 브라우티건과 맛이 다를지도 모르겠다고 했다. 나는 웃으며 다르면 다르잖아! 하고 말하겠다고 말하며 브라우티건을 주문했다. 보통은 금방 잠이 드는 편이지만 종종 계절이 바뀔 때나 긴장하는 일이 있으면 잠드는 데 시간이 걸릴 때가 있는데 그럴 때는 막상 하면 겁먹을 일이 아닌 사소한 일을 실수할까 봐 몇 번을 속으로 반복하고 그러는 와중에 다른 목소리는 이제 힘을 풀고 그만 생각해 말하고 숫자를 300쯤 세고. 지난주에는 오후에 커피를 여러 잔 마신 데다 왜인지 다음 날 일 때문에 긴장이 되어 잠을 못 이루고 있었는데 그때 계속 생각했던 것은 화장실 벽에 종이를 붙여야겠다는 것이었다. 화장실 벽이 넓으니 거기에 종이를 붙이고 뭔가 떠오르는 것을 그때그때 쓰면 좋겠다고 생각한 것이다. 지금 긴장하는 것들 잊어버릴까 봐 반복하는 것들 그런 것을 써두면 괜찮아질 거야 생각하고 너는 그러면 이제 어깨에 힘을 풀고 팔에 힘을 풀고 경계를 건너 잠으로 접어들 수 있어 그러니까 종이를 붙이기만 하면 되니까 이제 너는…….

　　종이를 벽에 붙인 것은 그다음 날은 아니고 이틀 뒤였다. 이면지에 자국이 남지 않는 종이테이프를 붙였다. 연필을 쥐고 이전부터 생각하고 있던 것처럼 "수박을 머금은"이라고 썼다. 그리고 그다음 주 어느 날 브라우티건을 이야기하고 언제부터 머금고 있었는지 알 수 없지만 수박이라는 말을 입 밖으로 내뱉었다. 그러고 보니 『워터멜론 슈거에서』를 처음 읽은 때는 스무 살로 당시 다니던 학교에서 일하던 김애란 작가가 절판된 책을 제본해준 것이었다. 솔뫼 씨가 쓰려는 것과 세계가 어딘가 닮아 있는 것 같아요. 그때 내가 쓰려고 했던 것이 뭐였더라 제목만 떠오르고 내용이 바로 생각나지 않아 놀랐다. 예전에는 바로 설명할 수 있었는데 이제는 지난 메일에서 찾고 찾아야 한다. 내가 쓰려던 것과 상관없이 브라우티건과 워터멜론 슈거에서 보낸 날들은 정말로 좋았고 나는 그곳에 어느 정도 고개와 어깨를 묻은

채 시간을 보낸 것 같다. 그 이후 『워터멜론 슈거에서』는
원서로도 사서 읽었고 오래 절판되었던 책이 다시 출간되었을
때는 그걸 다시 읽었던 것 같고 그런 생각을 하다 보니 문득
귓가에 맴도는 노래는 병뚜껑을 따는 소리와 함께 시작하는
richard did you laugh a lot이라는 가사가 반복되는 노래인데
유튜브를 처음 이용해보았을 때 검색해보았던 키워드 중
하나가 richard brautigan이었던 것이 생각나고 그때 보았던
브라우티건의 낭송 영상 등과 함께 팔이 없던 백인 남성이
발가락으로 무언가를 연주하며 브라우티건에 관한 노래를
만들어 부르던 것이 떠오른다. 그게 richard did you laugh
a lot이라는 가사가 반복되는 노래였다. 커피의 맛은 정말로
브라우티건적이었는데 깊고 씁쓸한 맛이지만 평범하지 않은
부드러움이 있었다. 그게 브라우티건적인 것이야? 라면 글쎄
설명하기 어렵네 말하며 마셔보라고 컵을 건네겠지만.

　　다 마신 컵을 주문대로 건네며 정말 브라우티건적이네요
말하고. 그는 웃으며 또 오라고 인사하였다. 카페 근처
수선집에서 야자수가 인쇄된 천가방을 사고 청과물
가게에서는 호박을 사려다 너무 커서 다 못 먹을 것 같아
파인애플을 사서 돌아왔다. 수박을 너무나 좋아하기
때문인가 먹지 않을 때도 어쩐지 수박은 머금고 있는 것처럼

입안에서 재생할 수 있다. 그렇지만 실제로 먹는 것이 가장
좋다. 파인애플을 다 먹으면 수박을 사러 가야지 마음먹었고
버로우즈적인 커피는 웬만하면 마시고 싶지 않은데 어쩌려나.
그런 식으로 초여름 어딘가에 몸을 기대는 느낌으로 시간을
보내고 있는데 어느 때는 여름을 가로지르는 느낌으로 무릎을
굽혔다 펴고 일어나 기지개를 켜듯 팔을 쭉 펴보기도 하고
아침의 공원을 뛰거나 수영장을 오가거나 도서관에 앉아
뭔가를 읽다가 고개를 들 것이다. 그사이 벽에 붙여둔 종이에
뭔가를 써두면서 쓴 걸 입 밖으로 뱉어보게 되겠지 길가다
들은 말이나 읽고 싶은 책 이름이나 고양이가 내 머리카락을
씹으면 좋겠다고 세 번쯤 반복해서 쓰거나.

함께 읽은 책

리처드 브라우티건, 『워터멜론 슈거에서』, 최승자 옮김, 비채, 2024.

책을 읽다가 잠이 들면 좋은 일이 일어남

초판 1쇄 인쇄 2024년 7월 18일
초판 1쇄 발행 2024년 7월 31일

지은이 박솔뫼
펴낸이 최순영

출판2 본부장 박태근
스토리 독자 팀장 김소연
편집 조은혜
디자인 함지현

펴낸곳 ㈜위즈덤하우스 **출판등록** 2000년 5월 23일 제13-1071호
주소 서울특별시 마포구 양화로 19 합정오피스빌딩 17층
전화 02) 2179-5600 **홈페이지** www.wisdomhouse.co.kr

ⓒ 박솔뫼, 2024

ISBN 979-11-7171-242-7 03810

· 이 책에 인용된 문구는 해당 출판사와 저작권자의 동의를 얻어 수록했습니다.
  출간 당시 저작권자 확인이 되지 않아 허가를 받지 못한 작품은 추후 확인이 되는
  대로 해당 저작권자의 동의를 얻도록 하겠습니다.
· 이 책의 전부 또는 일부 내용을 재사용하려면 반드시 사전에 저작권자와
  ㈜위즈덤하우스의 동의를 받아야 합니다.
· 인쇄·제작 및 유통상의 파본 도서는 구입하신 서점에서 바꿔드립니다.
· 책값은 뒤표지에 있습니다.